Il y en a dont le souvenir
vaut une soif
Dès qu'on ne peut plus les
trouver.

SPRING
野

更具体地生长

All This Wild Hope

不要去崇拜偶像。

要停止把诗歌变成梦幻；
要学会在现实中发现诗歌。

André Gide
1869—1951

Les nourritures terrestres

地粮·新粮

suivi de

Les nouvelles nourritures

André Gide

[法]安德烈·纪德 著

唐祖论 译
毛凤仔 校

·桂林·

图书在版编目（CIP）数据

地粮·新粮/（法）安德烈·纪德著；唐祖论译.--桂林：广西师范大学出版社，2024.7（2025.7重印）
ISBN 978-7-5598-6925-8

Ⅰ.①地…　Ⅱ.①安…　②唐…　Ⅲ.①散文诗－诗集－法国－现代　Ⅳ.①I565.25

中国国家版本馆CIP数据核字（2024）第089481号

DI LIANG · XIN LIANG
地粮·新粮

作　　者：（法）安德烈·纪德
责任编辑：彭　琳
特约编辑：夏明浩
装帧设计：汐　和 at compus studio
内文制作：陆　靓

广西师范大学出版社出版发行
　　广西桂林市五里店路9号　邮政编码：541004
　　网址：www.bbtpress.com
出版人：黄轩庄
全国新华书店经销
发行热线：010-64284815
北京启航东方印刷有限公司印刷
开本：889mm×1260mm　1/64
印张：6　字数：139千
2024年7月第1版　2025年7月第10次印刷
定价：59.80元

目　录

TABLE DES MATIÈRES

第二书
LIVRE DEUXIÈME

第三书
LIVRE TROISIÈME

第四书
LIVRE QUATRIÈME

人的幸福和
人生意义的书简

《地粮·新粮》导读

《地粮》的全名是《地上的粮食》，是相对于《圣经》中的“天粮”或“神粮”而取的书名。在《约翰福音》中，耶稣对众人说：“这是从天上降下来的粮，叫人吃了就不死……”《地粮》象征人类在大地上谋取幸福的精神食粮。在本书扉页上纪德还引用了《古兰经》中的一句箴言：“这是我们在大地上享用的果实”，就更明确了这一主题。法国作家安德烈·莫洛亚评论道：

> 纪德的《地粮》（1897）与先前出版的尼采的《查拉图斯特拉如是说》（1885）相仿，是一部福音书。福音从词源意义上说，就是佳音。书中纪德向他深爱的弟子——拿塔纳埃勒——发出关于人的幸福和人生意义的书简。

除此之外，书中还出现了一个假想的导师梅纳克（他的原型是英国唯美主义作家、享乐主义者王尔德），与作者一起对弟子进行教诲，他们用和谐、温馨而富有魅力的语言宣布：人，生来就是独立不羁的，只要虔诚、热忱，他就有权做任何事。感觉应当主宰理念，一切道德的、家庭的、社会的约束，必须通通摒弃。

《地粮》同时也是一部热爱生活，讴歌人的自由、解放，帮助人认识自我、认识世界的生活教科书。

1927年，纪德特意写了再版序言，“向新读者介绍若干想法，比较确切地摆正了这本书的位置、陈述创作它的理由……”他说，“某些人在这本书中，只见到或者只愿意见到一种对欲望和本能的赞美。我看这或许有点近视。我呢，当我重新展开这本书时，我在其中见到的，更多的还是对匮乏的赞美。正是由于对匮乏的赞美……我才皈依了福音的教义，以便在忘却自身中找到最完善的自我实现……”

据此，莫洛亚评论说，“如果将《地粮》中的理论看作个性自私，那就大错特错了。”因为，“纪德，放弃了自我，而去拥抱人和物

的生命。他奉献他们以爱心，用自己的力量使他们丰富起来。”（张若名[1]）

关于《新粮》

纪德在1925年至1926年间，有一次赤道非洲之旅，随即发表了《刚果之行》（1927）和《乍得归来》（1928），愤怒揭发了殖民主义者的罪行，进而又多次出席进步团体的反法西斯会议。1935年，在《地粮》问世近四十年后，纪德出版了《新粮》。这可说是纪德与时俱进，向左“转向”，向进步思潮转向的历史见证。1936年，纪德应邀赴苏联访问，发表了《访苏联归来》，引发了那场轩然大波，被称为纪德

[1] 张若名（1902—1958），中国第一位留法女博士，中国近代妇女运动先驱。先后于中法大学、云南大学任教，致力于法国文学理论研究和中法文化交流。——编者注（如无特殊说明，本书注释均为译者注。另，书中所有特殊标点、字体、格式均按原文调整，并非讹误。）

的再次“转向”。[1]

《新粮》与《地粮》相对照，可以明显看出来，经过岁月的磨砺，纪德的思想成熟了，刚步入生活时的激越对立，已经逐步转向睿智、和谐，肯定胜过否定，建设超越破坏，更重要的是个人主义的纪德，终于发现了基督徒的利他主义也是人的原始本能之一。“个人的胜利在于个性的放弃之中”，这是战胜个人主义获得幸福的秘诀，也是基督教道德的神秘中心。也就是说，纪德最终相信基督教的个人主义超越并战胜了尼采式的个人主义（超人主义）。（见张若名著《纪德的态度》）

在《新粮》中，宣扬享乐主义的导师梅纳

[1] 关于纪德的“转向”，复旦大学中文系贾植芳教授（已故）鼓励外文系朱静教授重译《访苏联归来》。贾为朱的新译本作序，写道：“……至 90 年代又读了罗曼·罗兰的《莫斯科日记》等之后，我才真正读懂了纪德的《访苏联归来》和《〈访苏联归来〉之补充》，并对这位坚持自己的良知和社会责任感的作家，和他敢于顶住当时政治风浪的人格力量，表示衷心的尊敬……”

克不见了，纪德采纳了荷兰作家、共产党人杰夫·拉斯特（Jef Last）的意见。“杰夫认为，在我的《地粮》中，梅纳克的叙述是美中不足的，破坏了和谐，他有道理。”（《纪德日记》1935年）除此之外，他心爱的弟子拿塔纳埃勒的名字也不见了，纪德决定叫他“同志”。

对于这些进步思想，纪德说，“我必须说明这样一点……是福音书的告诫在我内心中进一步加强了对任何个人占有，对任何强占的蔑视和厌恶。”（《纪德日记》1933年）

不仅如此，纪德在《新粮》卷末的寄语“不要去崇拜偶像”更是发聋振聩，意味深长。这显示作者不仅已经超越了《地粮》中的个人主义、享乐主义，《新粮》中的宗教的利他主义，而且已经进入一个更高的思想境界——发掘并依靠人类自身存有的独立精神，去破除迷信和偶像崇拜，摆脱一切束缚，以探求真理，获取自由和幸福。

《地粮》诞生的社会环境和时代背景

在《地粮》中，作者借梅纳克之口喊出了惊世骇俗的呼声：“家庭，我憎恨你！”这是因为纪德本人从小饱受家庭和教会清规的禁锢之苦。他的祖父是新教牧师，父亲是法学教授（在纪德年幼时病逝），母亲是鲁昂地区信奉天主教的名门望族出身，她在联姻后也皈依了新教，但是她受天主教影响很深，对纪德的管教很严；纪德说他从小到大，没见母亲笑过。加尔文宗的严格教规使他内心深为抵触，她母亲周围那些信奉新教的女人都视性为罪孽。魔鬼式的邪念时刻存在，需要彻底清洗。纪德母亲甚至禁止他进入已故父亲的书房，唯恐他去读那些诱人犯罪的诗歌和小说。（见皮埃尔·勒巴普著《纪德传》）在纪德眼里，教义限制了人的自由，它不允许人按照人的本性——自己的方式生活，这并非上帝的旨意。他对此深恶痛绝。他甚至说过：“教会和家庭是进步的两个最坏

的敌人。”纪德因此成了传统道德的叛逆者。（见朱静著《纪德研究》）

而在19世纪中叶，实验哲学统治了科学和哲学的全部领域，在文学方面，自然主义代替了浪漫主义，风行欧洲。世界没有形而上的意义了。尼采叫喊：上帝已死，人类失掉了自己内心与全部外界的联系，只剩下孤独的自己。这一隔绝就酿成了极端的个人主义，个人自尊自大的心理越来越高涨，人们相信自己可以完全征服自然界。这一思想的极端代表，就是尼采的超人学说。这种自我膨胀的欲望，不可避免地同社会和教会发生冲突，对青年造成心理压力，使他们苦闷彷徨。到了1870年，法国在普法战争中战败，又经过浴血的巴黎公社，旧的社会组织崩溃，于是人们的内心又渐渐活动起来。叔本华的意志哲学以及崇尚宗教与神秘的思想受到欢迎，被冷落多时的想象、灵感、梦幻等奇异的表现方式又回来了，这就是象征主义以及颓废派的崛起，它们力求探索人的精神现象，最终触及人的存在，就是自我。

但是到了19世纪末、20世纪初，由于法国在相对稳定中获得繁荣，生活安定，年轻一代对于前辈们迷恋非现实，爱好有毒的花朵、黑暗和幻影感到厌恶，把他们称作思想混乱和唯灵论等。他们要求从梦境中回到现实，最能代表这种趋势的作品就是《地粮》。纪德在1927年版序言中，追述了1897年创作《地粮》的理由："我是在文学使人感到万分矫揉造作和窒息的时刻撰写这本书的，在我看来，使文学重新接触大地，让她赤脚踩在泥土上，在当时是刻不容缓的。"

《地粮》的生命力和它深远的影响

《地粮》开一代风气之先，有很强的生命力，是法国好几代青年醉心的读物。它使他们挣脱了19世纪末僵化的理想主义桎梏，给他们带来了思想道德之解放。它的影响，不仅"一战"

后在诺贝尔文学奖得主马丁·杜加尔的巨著《蒂博一家》中可以见到：许多青少年在到处寻觅它，该书的主人公雅克·蒂博说："这是一本你读它时感到烫手的书"；而且在"二战"后的1968年5月，巴黎街头也可以见到成千上万拉夫卡迪奥（纪德《梵蒂冈地窖》的主人公）式的青年，在墙上涂写"家庭，我憎恨你！"以及三十条纪德式格言，是纪德劝诱他们反抗社会道德规范，拒绝一切束缚。"……这就是纪德的福音书，它被接连三四代的法国资产阶级青年吸收了，而且也必然已经注入了时代的道德氛围中。这就是纪德的影响：人们呼吸的一种空气……"（朱静著《纪德研究》）。

《地粮》的影响甚至进入了法国政界，1981年法国社会党人密特朗竞选获胜，就任法国总统。当时的媒体竞相报道说，密特朗的枕边读物就是《地粮》，这是他生活的准则，行动的指南。这样一部作品，为什么能在一个世纪中经历读者和时代严峻的考验，又超越国界和语言障碍，同世界各国人民对话，它的魅力究竟在哪里呢？

其一，这是因为自由、解放、爱情、幸福，是人人所需的精神食粮，是普世的人性和人权思想。中国也不例外，20世纪20年代在“五四”新文化运动的洗礼下，鲁迅的《狂人日记》、巴金的“激流三部曲”《家》《春》《秋》，鼓舞青年冲破封建专制的礼教囚笼，争取恋爱自由，婚姻自主；“30年代，中国社会动荡，青年处于思想困惑，寻求理想的生活时期，纪德作品要求尊重人，以人的态度对待人及其所为。这和中国青年的理想追求一拍即合”（张若名）。

现为法兰西学院院士的程抱一先生，在小说《天一言》中回忆20世纪40年代抗战逃难途中苦读《地粮》的情景，这样写道：“课停了，大家躲进在山坡上挖出来的防空洞里……纪德的《地粮》，我们看了又看。……纪德和一个中国人说话，就像这个回头的浪子在和弟弟的恳切畅谈。他劝告他要从心底汲取自身的能源，找回热忱，扩大欲望，敢于突破家庭和社会传统铸成的枷锁，这正说进了所有在衰微古国里寻找理想的中国人的心坎。”（见朱静著《纪德研究》）

其二，要归功于它的作者不懈地追求真理，并在其书中一以贯之地坚持独立思考和与时俱进的精神。在《新粮》中，纪德说：

> 一个没有进步的境界，不管有多么幸福，我也不能指望它……一种没有进步的快乐，我不稀罕。

> 同志，什么都别信仰；没有证据，什么都别接受。

纪德的“热爱真理的大无畏精神”终于获得了1947年诺贝尔文学奖评审委员会的肯定和赞赏，他们向他表示崇高敬意。纪德为此在《费加罗报》上撰文回答："假如我真的代表过某种事物的话，我相信这就是自由考察的精神，独立的精神，甚至是对心灵和理智拒绝赞同之事提出抗议的精神。"

纪德因健康状况未能亲自去瑞典领奖，但他委托别人宣读了他的答谢词，再次强调了作家的独立精神：

> 各位先生，在我看来，你们的选票与其说是投给我的作品，不如说是投给那种使作品有了生命的独立精神。这种精神在我们这个时代从各方面都遭受攻击。你们从我身上看出了这种精神，你们觉得有必要赞许它，支持它。这就使我心满意足，信念更为坚定。然而，我无法不想到，仅在不久之前，法兰西的另一位杰出人士，他比我把这种精神表现得更好。我想到的就是保罗·瓦莱里……（见拙译《瓦莱里散文选》导读）

其三，《地粮》经久不衰的原因，还在于它拥有新颖独特的文体——散文诗——以及与诗俱生的内在音乐美。

散文诗杰作《地粮》

1897 年，《地粮》问世不久，一个慧眼独具的年轻诗人亨利·热昂（Henri Ghéon）就撰文宣称：“这是一本值得加倍欣赏的书，因为它唤醒人们的思想，激起人们的感觉，现在已是法国伟大思想家和散文家的纪德先生，同样应该是最伟大的诗人之一。”无独有偶，莫洛亚也说：“……作者受到《圣经》抒情性质的哺育，从中获取节奏和诗意。”纪德本人则承认是从《圣经》的福音书中获得诗的灵感。他说：“人们从来都不试图从福音书中引出审美的真理，我感到奇怪。”他还认为，只有通过音乐的形式，才能捕捉到自己心灵的诗思。他说：“我在写作时，心灵充满着诗思。它时时刻刻向外奔流，词语无法将它表达出来。”随后，“情感在律动，强烈起来，平静下去……”他反复强调这种内心音乐对于诗思的重要性，并且隐晦地谈到这种自然发生的，只有直觉才能感受到，并与他的内心一起律动的深层音乐就是构成诗思的源泉。这当然与纪德所受的教育有关。纪德自小就是音乐和诗歌的爱好者，他自十岁起就学弹钢琴，几十年来音乐处处伴随着他。“二战”中，甚至伴随他到遥远的非洲。

与此同时，纪德一进入中学就喜欢读诗，他手不释卷，到处诵读。许多诗他能倒背如流，就像他反复弹奏自己最心爱的肖邦或巴赫的练习曲一样。他强调演奏高手能把理解化为效果，能把激情传递给感官。这当然也适用于文学和诗歌。散文诗《地粮》无疑就是这种启迪下的尝试。《地粮》全书共计正文八篇、颂歌一篇、寄语一篇，由一连串富有诗意的断想，揉入若干激情的诗篇、日记、轮舞曲、歌曲构成。它的架构有如一套交响乐曲，主旋律是“粮食，粮食！”，伴随着乐章、协奏曲、和声。这是完全创新的文体。

在纪德看来，自然只有在被他发现时才存在。在发现自然的过程中，他意识到了一同运作的双重心理机制：在视觉中诞生的世界，引起了感情的不断发展。“我坐在这花园里，见不到太阳，但是空气由于散光而晶莹发亮，蓝天仿佛变得澄澈透明了，仿佛飘下了雨丝。一点不错，我看到光的波浪，光的旋涡；苔藓上闪现着一些水珠般的晶莹；一点不错，在这大路上，光就像在那里流动，而停留在那些树梢尖上的，则是镀了金的泡沫。”

随着视觉的拓展，感情也在发展，激情像要冲破物质的束缚，却被它控制在确定的状态下。再如：“我看见过平原在炎夏中的等待，等待那一丁点儿雨水。那路上的尘埃已经变得过分轻盈，每一丝微风都会使它们飞扬。等待，这甚至不再是一种希望，而是一种胆战心惊。土地干旱得龟裂了，仿佛为了容纳更多的雨水。

荒原上野花的香味浓得几乎叫人忍受不了。骄阳下的一切事物都显得昏昏沉沉。”

“纪德在《地粮》中一点点地表达感情，他把它分解成一个个的感觉，而每个感觉都很独特，有具体的界限，以便它们会聚集起来，形成一股强烈的感情。一首流畅明快的诗会激活所有的感觉，引发读者心灵的共鸣。”20世纪30年代，张若名在她的博士论文《纪德的态度》中如此谈到“纪德对待感官事物的态度”。她的这一评析足以说明：

第一，《地粮》是散文诗，因为它显示诗的本质——情绪和想象，而且只有诗的语言、意象化的语言才适合传递《地粮》中律动的感情和想象。

第二，它符合散文诗的创作特点和过程：意象是注入了诗人情感的物象。散乱的意象按不同的方式（列举、递进、对比、象征……）聚集，组合成一个统一的有机体，就形成一股更强烈的感情，产生诗的意境。

第三，散文诗尽管脱去了诗的韵律之外衣，但它顺乎诗人内心情感的律动，能更自由地产生内在节奏，形成诗的内在旋律和音乐美。《地粮》中还一再使用诗传统的复叠手法，反复吟诵，一唱三叹，以增强内在的音乐美。

《地粮》被誉为散文诗杰作，还在于它的思想格局宏大，内容深刻。它不停留于感觉，而是把诗情与哲理融为一体，“使诗歌创作成为一种完美的心智活动”（瓦莱里）。它做到思想的“感性显现”，“抒情主体”（里尔克）靠诗歌本身的魅力来传播思想。

另一方面，《地粮》的主题思想本身就参天入地，范围很广，但它始终以人为本，关注人的幸福和命运，探讨人的本性，解剖人的灵魂。“这是有史以来，人类试图认识自己、解剖自己最彻底的一次尝试。”（见让·德莱《纪德的青年时代》[Jean Delay, *La jeunesse d'André Gide*]）散文诗的奠基人波德莱尔说得好：“诗的本质不过是，也仅仅是人类对一种最高的美的向往。”这或许就是散文诗《地粮》魅力经久不衰的主要原因。

对拙译《地粮》的回顾和期望

最后，我想趁本书付印之际，对旧译《地粮·新粮》的问世作一简单的回顾。1986 年，湖南人民出版社出版了纪德文集《藐视道德的人》，里面收录了我这个译本。这是我自 1958 年被迫辍学以来所出版的第一本译作。我首先由衷感激我的恩师、原南京大学教授毛凤仔对我的关爱和栽培，没有他的推荐和悉心校阅，这个译本多半不会问世。其次，我也感谢湖南文艺出版社当年的责任编辑管筱明君，能不拘一格地给我试译的机会。1997 年三联书店出版了张若名著作《纪德的态度》（周家树译），其中关于《地粮》的文本均引用拙译。同年，拙译还被选入柳鸣九主编的《世界散文经典·法国卷》（春风文艺出版社），随后还作为附录，被选入彭燕郊主编的《散文译丛·新的粮食》（卞之琳译，湖南文艺出版社）。但是印象最深的反馈则来自两位素昧平生的青年友人。他们见到《瓦莱里散文选》（与钱春绮合译，百花文艺出版社）一书后，又辗转打听到我的住址，先后来访。先是《加缪和萨特》的译者章乐天，他说，“我们神交已久，在大学宿舍里我们经常诵读《地粮》……”初次见面竟由《地粮》开始，这是意想不到的。随后是自由撰稿人胥弋从山东赶来，他当时是“中法文化之旅网”的创办人，2006年11月专程来沪搜集诗人瓦莱里等人的资料。他也提到拙译《地粮》，说“有诗的韵味，印象深刻”。我因此得以了解《地粮》在中国知识青年中不乏知音，深感欣慰。但我没有想到仅在一年之后，他作为责任编辑为我寄来了《地上的粮食：地粮·新粮》单行本的样书（吉林出版集团，2007年12月）。同样令我意想不到的是，时隔十六年之后，在2023年8月31日，收到广西师范大学出版社特约编辑夏明浩的来信，要我签订授权出版《地粮·新粮》的合同，并述及他为获得我的信息和地址历经周折和艰辛云云。作为一个译者，我为《地粮·新粮》在祖国大地上生生不息、绵绵不尽的传播感到由衷的高兴，感激这些无私的、默默无闻的奉献，同时又想到诗人戴望舒对“诗不可译”的那句著名悖论：“真正的诗在任何语言翻译中都永远保持它的价值。”信哉斯言，但愿我的这个导读能弥补译文的不足，有助于读者更好地理解这一杰作。

唐祖论

2007年重阳节写于上海

2023年9月6日增订于沪宅（时年93岁）

Les nourritures terrestres

suivi
de

Les nouvelles nourritures

献给我的友人莫里斯·基约

地　粮

Les nourritures terrestres

(1897)

这是我们在大地上享用的果实。

——《古兰经》第 2 章第 23 节 [1]

[1] 引文与《古兰经》有出入，纪德可能是化用了第 2 章第 22 节中的“借雨水生许多果实，做你们的给养”。——编者注

照片：安德烈·纪德，26岁
Guy & Mockel, *André Gide*, 1895

1927年版序言

人们习惯于把我禁闭在这本寻求逃避和解脱的书中。趁这次再版的机会，我要向新读者介绍若干想法，比较确切地摆正这本书的位置、陈述创作它的理由，这也许能降低它的重要性。

第一，《地粮》是一个昔日病人的书；如果不说他是一个病人，至少是一个康复者，一个痊愈者。就在这本书的抒情诗意之中，也可以看出一个人在拥吻一件险乎失去的东西时，那种过分的激情。

第二，我是在文学使人感到万分矫揉造作和窒息的时刻撰写这本书的。在我看来，使文学重新接触大地，让她赤脚踩上泥土，在当时是刻不容缓的。

这本书与当时的情趣抵触到何种程度，只消看它的彻底失败就能明白。没有一个批评家提到过它。在十年中，正好卖出五百本。

第三，写这本书时，我刚由于结婚而固定

了自己的生活；我那时自愿丧失一种自由，一种在我的书、艺术作品中，要立即加倍追回的自由。毋庸讳言，在写作时我是完全真诚的；在坦露我的心灵时，我也同样是真诚的。

第四，我要声明一下，我拒绝停留在这本书中。我描绘那些漂泊不定却又无所不在的情景时，就像小说家描绘主角的轮廓一样；书的主角像作家，但他却是作家的创造。我今天甚至有这样的看法，倘不从我的身上剥离出这些轮廓，或者，也许这样说更好些，倘我自己不和它们分离，那我就几乎不能画下这些轮廓。

第五，人们通常根据我这本青年时期的书来判断我，仿佛《地粮》所反映的伦理观就是我毕生的伦理观，仿佛我自己头一个没有遵循我给青年读者的意见："扔掉我的书吧，并且离开我！"不错，我是非常迅速地离开了写《地粮》时期的我；其结果就是，假使我审视自己的一生，便能注意到左右我的特点，远不是见异思迁，恰恰相反，是忠贞不贰。这种内心和思想上的极度忠诚，我认为是很罕见的。对于那些在临死前能见到自己夙愿已偿、大业完成的人，我要求你们给我列举他们的名字，我愿自己的席位紧挨在他们的身旁。

第六，还有一句话要说：某些人在这本书中，只见到或者只愿意见到一种对欲望和本能的赞美。我看这或许有点近视。我呢，当我重新展开这本书时，我在其中见到的，更多的还是对匮乏的赞美。我在扔掉其他一切的同时，在书中抓住了对匮乏的赞美。正是由于对匮乏的赞美，我才保持着忠诚。正是由于对匮乏的赞美——如同以后我要叙说的那样——我才皈依了福音的教义，以便在忘却自身中找到最完善的自我实现，找到最高的要求，以及对追求幸福的无止境的许可。

“愿我的书教导你，对你自己比对书的本身更感兴趣，进而对一切其他事物比对你自己更感兴趣。”这些话你在《地粮》的序言和卷末几句中能够读到，又何必要我来重复呢？

安德烈·纪德

1926年7月

拿塔纳埃勒[1]，我随心所欲给这书取一个粗俗的名字，请不要误会；我满可以称它为梅纳克[2]，但梅纳克也像你一样，他从不曾存在过。唯一的人名是我自己的姓名，这本书可冠以我的姓名；但到时我又怎敢在书上签名呢？

我毫无做作，也毫不害羞地把自己放入书中；假使我在书中谈到某些根本没去过的地方、根本没闻过的香味、根本没有过的举止——或者，我的拿塔纳埃勒，我议论到还没有见过面的你——这可一点也不是虚假的，而且这些事情也并不比拿塔纳埃勒这个名字更不真实。拿塔纳埃勒，你即将读我的书，我给你取了这个名字，是因为不知道你的名字将是什么。

于是，当你读完了我的书，你就扔掉它——你就出走吧。我愿这书能给你出走的希望——

[1] 希伯来语中意为“神的赠物”，参见《约翰福音》中的信徒拿但业。本书宗教专名均据和合本。

[2] 梅纳克的原型是英国唯美主义作家王尔德。1891 年，纪德与王尔德相识于巴黎。

从无论什么地方走出去吧，从你住的城市，从你的家庭，从你的卧室，从你的思想中走出去吧。不要把我的书随身带走。倘使我是梅纳克，那我就要牵住你的右手领你前进。但你的左手并不知情，于是，一远离城市，我就尽早把这紧握的右手松开。接着，我就会对你说：忘掉我吧。

愿我的书教导你，对你自己比对书的本身更感兴趣，进而对一切其他事物比对你自己更感兴趣。

第一书
LIVRE PREMIER

我那长久沉睡的慵懒的幸福苏醒了……

——哈菲兹[1]

[1] 哈菲兹（Hafez，1325—1390），14 世纪波斯最著名的抒情诗人，歌咏自然、酒、爱情的欢乐和痛苦。

I

上帝无处不在，拿塔纳埃勒，愿你别往他处寻求。

每个造物都指向上帝，没有一个造物显示上帝。

一旦我们的目光停止在造物的身上，每个造物都会使我们背离上帝。

当别人出版或工作时，我却相反，过了三年旅游生活，用来忘却脑中一切学过的东西。这种泯智的过程缓慢而又艰难；但它对于我，却比人们灌输的一切教导都有用。这确实是一种教育的开始。

你绝不会知道我们为对生活感兴趣所必须做的努力。但是现在，生活既已使我们感兴趣，就会像任何事物一样，使我们感到的兴趣更强烈。

我在体罚中比在犯错误时尝到更多的快感[1]——由于我的罪过不是一般性的错误，我是多么以此为荣。

消除你内心中“优点”的观念，它对思想是一大障碍。

……我们的道路捉摸不定，使我们一生都感到痛苦。我怎么对你说呢？当你细加考虑时，任何选择都是可怕的：一种对任何职责失去引导作用的自由是可怕的。那等于在到处陌生的地方寻找一条道路。在那里，每个人都有所发现，但请注意，每个人的发现都是属于自己的；可以说，最荒芜的非洲大陆上最难辨认的踪迹

[1] 这是纪德视为既神秘又须禁欲的青春时期，他在《如果种子不死》中自称：“黎明即起身，沉浸在隔夜注满的浴缸中；随后，我在开始工作之前，读几段《圣经》……休息时，我睡在一块木板上，深夜，我再次起床，下跪……”

也不会令人感到那样捉摸不定……浓荫如盖的丛林引诱着我们；一些还没有干涸的溪流的幻景……但这些溪流，毋宁说是我们的欲望在使之流动，因为这些境界只是随着我们的逼近才存在；而在我们行进之中，前方的景色逐渐地排列起来。我们无法望到尽头，甚至在我们的身旁，也只是一种接连地更动着的表象。

但为什么在这样严肃的问题上使用比喻呢？我们认为人人都应该发现上帝。唉，我们不知道，在找到他之前，应该到什么地方去奉献我们的祈祷！随后，人们终于想到，上帝无处不在，上帝处处都有，上帝是不可找到的神。于是，大家胡乱地下跪。

拿塔纳埃勒，你将像擎着火把，作为指路明灯迈步前进的人一样。

不论你走到哪里，你只能遇见上帝——梅纳克说过：在我们前面的便是上帝。

拿塔纳埃勒，对一切事物，你都走着瞧吧，

而且你在任何地方都别停下脚步。好好地想一想，唯独上帝不是短暂的现象。

重要的是你的注视，而不是你看到的事物。

你保存在内心的各种知识，直到世纪的末日都和你风马牛不相及。你又何必把这么多的代价拴在这上面呢?

拥有欲望是有益的，满足欲望也是有益的。——因为欲望会因而增大。拿塔纳埃勒，我对你老实说吧，每一欲望比起占有我每种欲望的对象更能使我充实，因为占有永远是虚假的。

拿塔纳埃勒，对于许多美好的事物，我耗尽了我的爱。这些事物的光辉来自我为之不断燃烧着的爱。我无法使自己厌倦。任何热忱对我来说，都是一种爱的耗损，一种美妙的耗损。

那些怪僻的意见，那些思想上的极端迂回曲折，那些分歧不一，永远吸引着我——异端中的异端。每一种思想，只有在它不同于别的思想时，才能使我感兴趣。因此，我排斥了同情。在同情之中，我看到的只是承认一种共同的感情。

拿塔纳埃勒，爱根本不是同情。

行动吧，别去判断这是好是歹。去爱吧，别担心这是善是恶。

拿塔纳埃勒，我要教给你热忱。

拿塔纳埃勒；宁可要一种悲怆的生存，也不要那种安宁。除了那死亡的长眠，我不需要其他的安息。我担心，在我一生中没有得到满足的种种欲望和精力，会继续存在而使我极度痛苦。我希望，在把压积在我胸中的一切情愫都表露在人间以后，我能心满意足而又万念俱寂地死去。

拿塔纳埃勒，爱根本不是同情。你明白，这两者并不一样，不是吗？有时，只是由于害怕失去爱，我才会对忧愁、烦恼、痛苦产生同情；否则，我是很难忍受它们的。要让各人自己去关心生活。

（今天我不能撰写，因为谷仓中有一个轮子在转动。我昨天就见到它了。它在打油菜。屑粒飞舞着，油菜籽纷纷滚落在地上。灰尘使人窒息。一个妇女在推磨子。两个可爱的男孩，赤着脚，在收油菜籽。

我哭了，因为我没有什么别的话好说。

我知道，在你没有什么话好说的时候，就不动笔。可是我却写下来了，对同一题材我还要写些别的东西。）

*

拿塔纳埃勒，我想给你一种任何人还没有给过你的快乐。我不知道怎样给你这种快乐。可是，我确实拥有它。我想比任何别的人都更亲昵地和你谈话。我想在黑夜到达，那时你接连不断地展开和合上许多书本，在每本书中，寻找比以往所得到的更多的启示；那时你的热忱由于感受不到支持，即将变成忧愁。我只为你而写，我只为你的这些时刻而写。我要写一本这样的书，那里面任何思想，任何个人的感情对你都好像不复存在，你会觉得你在那里面看到的只是自己的热忱的投影。我愿意靠近你，并愿你爱我。

伤感只是消沉的热忱。

任何人都能赤身裸体，任何感情都能饱满充溢。

我的感情开放了，犹如一种宗教。你能领悟这一点吗？任何感觉都是一种无穷尽的存在。

拿塔纳埃勒，我来教给你热忱。

我们的动作伴随着我们，就像磷光从属于磷一样；不错，它们使我们受到了耗损，但也构成了我们的光辉。

如果说我们的灵魂能有若干价值，那是因为它比别的一些东西燃烧得更炽烈。

我看见你们了，沉浸在乳白曙色中的广阔的田野；点点青色的湖啊，我沐浴在你们的波浪之中——欢乐空气的每一次爱抚使我绽唇微笑，拿塔纳埃勒，我要反复告诉你的就是这点。我要教给你热忱。

倘使我曾经知道过有什么更美的东西，那我告诉你的肯定便是那一些，而不是别的什么。

梅纳克，你不曾教我智慧。不是智慧，而是爱。

拿塔纳埃勒，对于梅纳克，我的感情曾超过了友谊，几乎等于爱情。我曾像爱一个兄弟那样爱他。

梅纳克是危险人物，你得怕他！他受到明智者的谴责，但他和孩子们却相处得很好。他教孩子们不要再只爱他们的家庭。他慢慢地教他们离开家庭。他使得他们的心灵一味梦想得到野生的酸果，并且念念不忘奇特的爱情。啊，梅纳克，我当时真想跟你继续共赴前程！可是你憎恨懦弱，并且教导我离开你。

我们每个人的生命中有着许多奇异的可能性。假如过去不在现在之中投下往事的影子，现在就将装满种种未来。但是可惜，一种唯一的过去只能描绘一种唯一的未来——未来被投射在我们的前方，正像一座无限长的桥梁被投射在太空一样。

我们可以肯定，我们所做的，永远只是我

们所无法理解的事。理解，这就是觉得自己有能力去做。**尽最大可能去担当人性**，这才是正道。

形形色色的生活啊，你们都曾使我觉得美好。（我在这儿对你们说的，是梅纳克过去告诉我的。）

我希望我已彻底了解所有的情欲和所有的罪恶；我至少曾给过它们方便。我整个的生命曾扑向多种信仰。某些夜晚，我如此疯狂，我几乎信奉起我的灵魂来了。我感觉到我的灵魂很快就要离开我的躯体——这些话仍然是梅纳克对我说的。

于是我们的生命在我们的面前，就像这个斟满冰水的杯子。这个冰凉的杯子被一个高烧病人拿在手中，想喝。他明知应该等待，但水是这样冰凉，高烧又使他如此口渴，他再不能把这爽口的杯子从他的唇边推开。他把这杯冰水一饮而尽。

II

啊，我呼吸过多少深夜里冰冷的空气！啊，窗扉！苍白的月光泻自藏在云雾后面的月亮，仿佛来自源泉，我好像在掬饮泉水。

啊，窗扉！有多少次我的前额抵着你的玻璃而感到清凉，有多少次，我从过分灼热的床上冲向阳台，望着那寂静无垠的天空，这时我的情欲就像那浓雾，烟消云散了。

昔日的狂热啊，你们曾使我的肉体受到致命的耗损。当什么都不能转移灵魂对上帝的注意时，灵魂衰竭得多快呀！

我崇敬上帝的坚定性到了可怕的程度，我因此清除了内心的一切念头。

“你还得长期寻求灵魂所不可能得到的幸福……”梅纳克对我说。

最初的怀疑狂的日子过去了——但在遇到梅纳克之前——这是一片不安的等待的时刻，就像穿越一片沼泽地一样。我陷入难以解脱的瞌睡中。睡眠治不好我的困倦。吃过饭就躺倒，呼呼大睡，醒过来却更加困倦。神志麻木，就像快要脱胎换骨一样。

生命朦胧的活动；潜在的变化，新事物的产生，艰难的分娩；昏昏沉沉的嗜睡，期待；我像虫蛹似的入眠；我听任一个新人在我身上慢慢形成，这个新人最终将是未来的我，他和现在的我已经迥然不同。任何到达我跟前的光，都好像穿越了碧绿的水层，透过了树叶和枝茎。混乱的感觉，麻木的感觉，类似于陶醉和眩晕的感觉。——啊！我恳求，但愿哪种急病发作，愿那剧烈的痛苦来临吧！我的大脑好比乌云密布的天空。人们几乎透不过气，一切都在期待那闪电来撕破这些遮住蓝天、冒着烟雾、装满液体的羊皮袋。

等待啊，你将持续多少时间？临到末了，我们的生命还剩下什么？——等待啊！等待什么呢？我呐喊。在我们自身之外，能产生什么东西呢？而属于我们自身，但我们还不了解的东西又能是什么呢?

阿贝尔的诞生，我的订婚，埃里克的死，我生活上的坎坷，这一切都远没有结束这种冷漠，而是使我更深地陷进去。因为这种冷漠好像正是来自我的思想和我优柔寡断的意志的复杂性。我真想悠悠地长眠，长眠在湿润的泥土中，像草木一样。有时我心里思量：纵欲可以战胜我的痛苦。因此，我就在肉体的消耗中寻求精神上的解放。然后，我又悠悠长眠，就像因炎热而昏睡的小孩，被大人白昼安顿在闹室中睡觉一样。

随后，我从遥远的梦乡里醒来，浑身大汗，心怦怦跳，脑袋依然昏沉。光线从底下，从闭着的百叶窗的缝隙中渗透进来，把草坪的绿色反射在白色的天花板上。对于我，这黄昏的日光是唯一美妙的东西，正像人们长时间处在山洞的黑暗之中，一旦来到洞口，便觉得那来自叶丛和溪流之间的摇曳的日光，分外温柔和魅人一样。

屋里的吵闹声隐隐约约地传了过来，我慢慢地苏醒了。我用温水洗了澡。随后我满腔烦恼，走向平原。我径直走到那花园的长凳跟前，在那里我什么事也不做，一直等到黑夜来临。说话、听话、写作，我永远感到疲劳，我便阅读：

……他看见在他跟前
那些荒芜了的路径，
那些沐浴的海鸟
在伸展它们的翅翼……
我必须住在这里……
……人们强迫我栖息
在这森林的叶丛下面，
在这橡树下，在这地窖里。
这土垒的房子冷冷冰冰，
使我完全厌倦。
阴暗的是那些峡谷，
高高的是那些丘陵，
凄凉的围篱

覆盖着荆棘，——

这是没有欢乐的短暂的栖居。[1]

生命的丰盈可以达到，但尚未达到，这种感觉起先被人隐约地感到，后来渐渐变得无法摆脱。“啊！让一扇光亮的窗子终于打开，”我大声喊道，“让窗子在这些无穷尽的烦恼中突然出现吧！”

我整个的生命似乎非常需要在崭新的事物中重获锻炼。我等待那第二次的青春期。噢！给我的眼睛以新的视力吧。洗去眼睛中那些书本的污垢脏迹，使眼睛更像那眺望中的蓝天——今日由于刚下过雨，显得十分清澈的蓝天。

我病倒了；我去旅游，遇上了梅纳克，我

[1] 《流亡者之歌》(“The Exile’s Song”)，由泰纳翻译并引用。——原注
详见伊波利特·泰纳著《英国文学史》（*Histoire de la littérature anglaise*，1863）第一卷第32—33页，原收录于大型古英语诗歌手抄本《埃克塞特书》（Codex Exoniensis）。——编者注

那良好的康复实在是一种新生。我在一个崭新的天空下面，在完全更新过的事物中间，再次获得了生命，新的生命。

III

拿塔纳埃勒，我将与你谈谈等待。我看见过平原在炎夏中的等待，等待那一丁点儿雨水。那路上的尘埃已经变得过分轻盈，每一丝微风都会使它们飞扬。等待，这甚至不再是一种希望，而是一种胆战心惊。土地干旱得龟裂了，仿佛为了容纳更多的雨水。荒原上野花的香味浓得几乎叫人忍受不了。骄阳下的一切事物都显得昏昏沉沉。我们每天午后到平台下憩息。稍许避开那白昼异常的光照。这是结着球果的针叶树木满缀着花粉的季节，它们轻轻地挥动枝条，好去远方授粉。天空在孕积暴风雨，整个大自然都在等待。这是异常逼人的庄严时刻，因为所有的禽鸟都已悄无声息。一阵热风倏地卷了起来，它是这样灼人，使人感到一切都无法支持下去。那针叶类树木的花粉宛如一阵黄金的雨丝，从枝条上纷纷飞逸下来。——随后就下雨了。

我看见过天空在等待曙光时的战栗。星星在逐个黯淡下去。草原被朝霞浸得湿漉漉的，而空气只给人以冰冷的抚摸。那混沌的生命，有一阵子仿佛愿意继续留在梦中。我那仍然困倦的脑袋昏昏沉沉。我一直攀越到林地的边缘，坐了下来。那些动物一个个重新开始工作和享乐，它们确信白天即将到来；生命的神秘性开始从每片叶子的凹处透露出来。——随后就来了白天。

我还在其他场合见过黎明。——我看见过等待黑夜的来临……

拿塔纳埃勒，愿你内心的每一种期待连一种愿望都不是，而只是一种表示欢迎的倾向。你等待着你会遇到的一切吧，但是你的愿望要仅限于你会遇到的一切。你的愿望要仅限于你所拥有的一切。你要明白：一天中的每一瞬间，你都能够占有整个上帝。但愿你的欲望就是爱，但愿你的占有就是爱的表示。因为，一种不见效应的欲望又算得了什么呢?

怎么！拿塔纳埃勒，你占有着上帝，而你对此一直觉察不到？占有上帝，这是看见他，而不是看着他。巴兰，你没在任何小路的拐角处见过上帝吗？你的驴子不就停在他跟前吗？之所以这样，是因为你用不同的方式去想象上帝。[1]

拿塔纳埃勒，唯独上帝是等不到的。等待上帝，拿塔纳埃勒，这是不明白你已经占有了上帝。不要把上帝和幸福区分开来，要把你整个的幸福都投入每一瞬间。

我全部的财富都孕育在我心中，犹如苍白的东方妇女把她们全部的家当随身携带一样。

---

[1] 《民数记》中，摩押人用金钱收买先知巴兰，要他诅咒以色列人。巴兰骑驴前往摩押人处，驴子三次不往前走，以保护巴兰免遭神罚，巴兰却打驴子。上帝使驴开口说话，警告他不得行此诅咒，巴兰认错。——编者注

在我生命的每一瞬间，我都能感到我内心的全部财富。它的形成，不是由于许多个别事物的累积，而是由于我那种独一无二的崇敬。我始终紧紧把握住我的全部财富。

夜幕降临，这要看成白昼的死亡。晨曦揭晓，这要看成万物的诞生。

愿你的视觉时刻都新。

智者，即对一切事物都感到新奇的人。

噢，拿塔纳埃勒，你的身心交瘁全是源于你财富的名目繁多，你甚至并不知道你最喜欢的是哪一种，你也不会懂得世上唯一的财富就是生命。生命中最最微小的瞬息都胜过死亡，也否定死亡。死亡仅仅是对别的生命的许可，好让万物不断地更新。死亡是为了任何形式的生命不占有超过其自我表现所需的时间。幸福的时刻是你的讲话铿锵响起的时刻。所有其他的时刻，你去倾听。但当你讲话的时候，你就别再倾听。

拿塔纳埃勒，你一定得在你心中焚毁所有的书本。

轮舞曲——为了崇拜我所焚毁的书本

有些书供人坐在小板凳上
放在课桌上诵读，

有些书供人在步行中吟唱
（这也是由于开本大小的缘故）；
这些供森林中阅读，那些供乡间阅读。
乡村高尚，西塞罗说。
有一些书我在驿车上念；
另一些，躺在草料仓的角落里读。
有一些书使我相信有一个灵魂，
另一些书则使灵魂绝望。
在一些书中，人们证明上帝存在，
在另一些书中，人们不能达到这个目的。
有一些书只能够被

私人图书室所容纳。
另一些书则刚接受过
许多权威批评家的颂词。

有一些书只论述养蜂，
于是某些人嫌其过于专深；
另一些书如此高谈阔论大自然，
读后你又何必再去散步。

有一些书为睿智的读者不屑一顾，
却会鼓励少年儿童向上。

有些书人们称为文选，
里面有天南地北的集锦。
有些书要使你热爱生活；
另一些书作者脱稿后便自杀身亡。
有些书散播仇恨
并且自食其果。
有一些书谦逊有趣，通篇令人心醉神迷，

读时似乎熠熠生辉。
有一些你钟爱如同亲兄弟，
它们比我们纯洁，生活得比我们完美。
有一些用奇特的方法写成，
纵然你多次钻研，仍然不得要领。

拿塔纳埃勒，我们什么时候能烧毁所有的书本！

有一些不值四文钱。
另一些价值连城。
有一些书谈到国王和王后，
另一些书则记述贫苦的穷人。

有一些书中的话语，
比中午叶丛间的声响更轻柔。
这本书是约翰在拔摩岛上[1]

[1] 拔摩岛的约翰是《启示录》的作者。——编者注

像老鼠一样吞食过的书；但我更喜欢覆盆子，
它使他五脏六腑布满苦味，
随后就幻觉丛生，想入非非。

拿塔纳埃勒，我们什么时候能烧毁所有的书本！

“海滩上的细沙柔软。”对我来说，限于诵读这一句子是不够的。我要使自己赤裸的脚趾直接感受到这一点。任何不先经过感觉的知识对于我都是无用的。

在这世界上，没有任何美好的事物会使我见到，而不想马上用满腔的柔情去接触。大地上令人眷恋的美啊，你的表层盛开鲜花是一种奇迹。噢，深浸着我的愿望的景色！我漫步探索过的开阔的土地；长在小溪里的纸莎草合拢而形成的小径；斜立在河面上的芦苇；林中空地的入口处，在枝茎的空隙间出现的平原，呈现着不可限量的前途。我漫步在两旁高耸着岩石或树木的小道上。我多次见过春天的进程。

万象川流不息

打从这天开始，我生命中的每一瞬间，给予我一种绝难名状的礼物所带来的新鲜滋味。因此，我生命处在几乎是无休止的激动的惊愕之中。我很快地陶醉了，我乐于在一种醺醺然的境界中前进。

真的，所有这些我碰上的嘴唇边的欢笑，我愿意吻它；脸颊上的血，眼睛里的泪，我愿意饮它；我要咬住向你垂过来的枝条上所有的果肉。每到一家客栈，饥饿就向我招手；每到一眼泉水跟前，干渴就在那里恭候——在每个泉源之前，都是各不相同的口渴——我真想用些别的字眼来描述我其他的欲望：

展现道路的地方，产生步行的欲望；
阴影邀请去的角落，存在憩息的欲望；
在深水旁边，产生游泳的欲望，
在每张床榻的边沿，产生爱或睡的欲望。

我大胆地把手按在每一个事物上面，我认

为自己对想要的每一事物享有权利。（再说，我们所希望的，拿塔纳埃勒，远非占有而只是爱。）啊，要让任何事物在我面前都放出虹彩；让所有的美都覆上我的爱，把她点缀得绚丽多彩。

第二书
LIVRE DEUXIÈME

粮食！

我期待于你，粮食！

饥饿不会在半途停顿；

除了使人满足，它不可能沉默；

道德不能解除饥饿，

靠节食，我只能哺育我的灵魂。

满足啊，我追求的是你们。

你们是美好的，就像炎夏的清晨。

泉水在夜间更见柔和轻淡，中午则显得美味可口；河流在大清早是冰凉的；微风低掠过浪涛；樯桅拥塞的海湾；河岸有节奏地散发热气……

啊，假如有通向平原的道路，那便是晌午时分的闷热，田野间的冷饮；而到了夜晚，便是麦秆窝里的睡眠。

假如有通向东方的路，那便是在心爱的大海上破浪前进；那便是摩苏尔的花园，图古尔特[1]的舞蹈，瑞士高山上的牧歌。

假如有通向北方的路，那就是俄国低地的集市，扬起雪花的橇车，冰封的湖泊。当然，拿塔纳埃勒，我们的欲望是不会厌倦的。

船舶驶进我们的海港，从陌生的海岸运来了成熟的水果。赶快卸下船上的这些重荷，好让我们最终加以品尝。

粮食啊！
我期待于你，粮食！
我在追求你们，满足！
你们是美好的，宛如夏日的欢笑。
我知道对于我的每一种欲望
回答都已经准备就绪。
我的每一种饥饿都在等待酬劳。

---

[1] 图古尔特（Touggourt），位于阿尔及利亚撒哈拉北部，一座历史悠久的绿洲城市，其名称在柏柏尔人的语言中意为“门户”。——编者注

粮食啊!
我期待于你，粮食!
踏遍天涯，我在寻找
我所有欲望的满足。

*

我了解大地上最美好的东西，
这就是我的饥饿! 噢，拿塔纳埃勒。
饥饿永远忠于
始终在等待它的一切。
夜莺的沉醉是由于酒吗?
苍鹰的微醺是由于奶吗?
画眉的眩晕不是由于刺柏子吗?

苍鹰是沉醉于它的飞翔。夜莺是陶醉于夏天的夜晚。平原因闷热而发生震动。拿塔纳埃勒，愿任何激情都能使你变得陶醉。倘使你吃的东西并不使你陶醉，那是因为你的饥饿并不厉害。

每一个完美的行动都伴随着肉体上的快感。

根据这点，你就知道某个行动该不该做。我一点不喜欢那些把艰苦奋斗看成自己的功劳的人。因为如果艰苦，他们最好去干别的事情。在创作中，你找到快乐，那是工作合适的标志；拿塔纳埃勒，我快乐的真实性，是我最最重要的指南。

我知道我的肉体每天需要多少快乐。我也知道我的脑袋能接受多少快乐。随后，我的睡眠就将开始。超过限度，天地万物不可能多给我什么。

*

有一些荒唐怪诞的疾病：

病者梦想得到没有的东西。

“我们，我们也可以说已经领略过我们灵魂可悲的烦恼。”他们说道，“啊，大卫，在亚杜兰的穴洞中，你曾渴望过城池里的水，你说：‘谁能带给我从伯利恒城脚下喷涌出来的清水？

我幼年就是喝这种水解渴的。但眼下，这泓清水，这泓为我热病所渴望的清水已陷入敌手。’[1]”

拿塔纳埃勒，你不要再梦想重饮那已逝去的流水。

拿塔纳埃勒，不要在未来中再找寻过去。要抓住那每一瞬间中不同的新奇。不要为你的欢乐做好准备。要知道，就在你准备停当的地方，你会为出现一种不同的欢乐而吃惊。

你为什么还不懂得任何幸福都属机遇，它每时每刻都会出现在你的面前，犹如一个乞丐出现在你行走的路上一样。倘使你说你的幸福已经死去，那是因为你所承认的幸福，仅仅是合乎你的原则和意愿的那种幸福。这样你就会倒霉。

对明日的梦想是一种快乐，但是明日的快

[1] 《撒母耳记下》中，大卫避居亚杜兰山洞，他麾下三个最勇敢的战士冒着生命危险，到伯利恒去打水给他喝。——编者注

乐又是另一种快乐。幸运的是没有任何事物会雷同于你所做过的梦，因为每个事物的价值就在于差异。

我不喜欢你对我说：来吧，我已为你准备下某种欢乐。我只喜欢那随缘遇上的快乐，以及听到我的声音从那些岩石中喷涌出来的快乐；它们将这样地为我们奔流，新鲜、旺盛，如同榨酒机上汩汩的新醪。

我不喜欢对我的快乐加以矫饰打扮，也不喜欢书拉密女[1]穿堂越室。我吻她时，没有擦去我留在唇边的葡萄渍汁；接吻以后，我没有喝口凉水，等嘴凉一凉，就喝了甜酒；我吃蜂蜜，把蜂蜡一起咽了下去。

拿塔纳埃勒，对你的任何快乐都不要有所准备。

---

[1] 《雅歌》中所罗门王对爱人的称谓，是美好女子的象征。——编者注

*

凡是你不能说“太好啦”的地方，你就说：“这有什么办法！”正是在那里，幸福才大有希望。

有些人把幸福的时刻看作上帝的恩赐——他们把其余的时刻又看作谁的赐予呢？……

拿塔纳埃勒，不要把上帝和你的幸福区分开来。

“‘上帝’创造了我，我很感激；如果上帝没有创造我，我不存在，那我会怨恨上帝的；但是这种感激的程度不会超越那怨恨的程度。”

拿塔纳埃勒，我们只能像谈论自然一样谈论上帝。

我一心希望，上帝的存在一旦被承认以后，大地的存在，人类的存在，以及我个人的存在就显得自然了。但是使我糊涂的是，我觉察到上帝存在时会目瞪口呆。

当然，我也唱过赞美歌。我写下了

关于上帝存在之优美佐证的轮舞曲

拿塔纳埃勒，我要教你，最美的诗意存在于关于上帝存在的无数例证之中。你明白我的话，不是吗？问题不在于在这里复述这些例证，尤其是不在于简单地复述；此外，有些只证明上帝存在过——而我们所需要的，是证明上帝存在的永恒性。

我知道，是的，我知道有圣安瑟尔谟[1]的论据，

还有那完美的幸福岛的寓言，[2]

---

[1] 安瑟尔谟（Anselmus，1033—1109），意大利中世纪哲学家、神学家，被誉为“经院哲学之父”。——编者注

[2] 在希腊神话中，幸福岛是世界尽头（一说位于大西洋中）的极乐之地，善良的灵魂将在此地享受完美的安息。——编者注

唉，唉，拿塔纳埃勒，不是所有人都能在那里居住。

我知道这要有大多数人的赞同，

而你，你却相信只存在少数上帝的选民。

存在着二二得四式的证据，

但是，拿塔纳埃勒，并不是所有的人都学会了计算。

存在着关于始动者的论证，

但是在这始动者之前还有另一个始动者。

拿塔纳埃勒，遗憾的是当初我们并不在场。

要不我们可以见到男人和女人如何被造出来；

他们对自己生来不是孩子感到惊讶；

厄尔布鲁士[1]的雪松长在已被溪涧冲刷成沟

[1] 厄尔布鲁士（Elbrouz），位于俄罗斯北部高加索地区，一般认为是欧洲最高峰。——编者注

的山巅上，

它们对自己生来就有几百岁感到疲劳。

拿塔纳埃勒，在那里看到曙光，该有多好！由于什么样的惰性，我们竟没有起身？难道你不要求生存？噢，我当然要求生存……但此时此刻，神的灵刚刚苏醒，它原来是沉睡在汪洋大海之上，超乎时间之外。拿塔纳埃勒，倘使我在那里，我会要求他把万物造得再稍许大一些；而你，你可别回答我，那时候，任何事物都无从觉察。[1]

存在着关于最终目的的论证，

但大家并不以为目的对而可不择手段。

有一些人用我们对上帝的爱来证明上帝的

---

[1] “我完全能设想出另一个世界，”阿尔西特说，“那里的二加二不等于四。”
“天哪，我倒要看看你有没有这个能耐。”梅纳克说。——原注

存在。这就是为什么我要把我所爱的一切都称作上帝，这就是为什么我要爱一切事物。别害怕我数到你；再说，我不会从你开始数。我对许多事物的喜爱远胜过对人的喜爱；在这大地上，人并不是我最喜爱的对象。拿塔纳埃勒，你别误会我的意思。我身上最有力量的东西并不是仁慈，我身上最美好的东西也不是仁慈；在人们身上，我最器重的也并不是仁慈。拿塔纳埃勒，你对你心中的上帝的爱要远胜过对别人的爱。我也知道赞美上帝，我为他唱过一些赞歌——有时，我甚至以为对他赞美得有点过分。

*

“这样去建立体系，竟如此使你感兴趣吗？”他问我。

“再没有什么比一种伦理观更使我感兴趣的了。”我回答，“在那儿我的精神得到满足。

我要使快乐和伦理观挂上钩。与此无关的快乐，我不去品尝。”

“这样做，快乐增加了吗？”

“不，这样做，使我的快乐合法了。”我说。

当然，我常常很乐意让一种理论，甚至让一套有条理的思想所组成的完整体系，来证明我的举止合法；但有时我只能把这一套看作自己耽于声色的挡箭牌。

*

拿塔纳埃勒，一切事物都是届时才来到；每一事物都因需要而诞生。因此，也可以说，这只不过是一种外在的需要。

树对我说：我需要一叶肺，于是我的汁液就变成了树叶，以便呼吸。我呼吸过以后，我的叶子掉落下来，可我并没有因此而死去。我的果实包含着我对生命的全部想法。

拿塔纳埃勒，别担心我会滥用这种寓言形式，因为我并不十分赞同它。除了生活，我不愿教你智慧。因为思维是一种大烦恼。我年轻时，由于苦苦思索自己行动的后果而感到疲惫不堪。我确信只有不再行动才能不再犯罪。

于是，我写道：只是靠对我灵魂的不可救药的毒害，我的肉体才得救。后来，我又完全不明白自己的话是什么意思了。

拿塔纳埃勒，我不再相信罪恶的存在。

但是你要明白，要用许多快乐才能买到一点点思想的权利。一个自称幸福，并且进行思考的人，才称得上真正的强者。

*

拿塔纳埃勒，每个人不幸的根源，在于他自己在观看，并使他所看到的一切隶属于他自己。每一事物之所以重要，并不是因为我们，而是因为它自己。但愿你的眼睛和被观看的事物合二为一。

拿塔纳埃勒！我现在每写一行诗，就不得不使用你那甜蜜的名字。

拿塔纳埃勒，我愿使你获得新生。

拿塔纳埃勒，你是否充分体会到我的话里有一种深切感人的意味？我真想进一步接近你。

正如以利沙为了使书念妇人之子复活，“上床伏在孩子身上，口对口，眼对眼，手对手”[1]。为了使你在快乐中苏醒过来，好过一种激动的、放荡不羁的生活，让我那明亮的心灵紧贴着你仍阴暗的心灵，让我全身伏在你的身上吧！口对着口，额抵着额，把你冰冷的手握在我灼热的手掌里，而我的心在怦怦跳动……（“孩子的身体就渐渐地温和了。”[2]《圣经》中这样写道。）随后，你就撇下我吧。

---

[1] 《列王纪下》第4章第34节。

[2] 同上。

拿塔纳埃勒，请看，这就是我心灵的全部热情，你带走吧。

拿塔纳埃勒，我愿意教给你热忱。

拿塔纳埃勒，别逗留在和你相同的事物附近；绝不要在那里逗留，拿塔纳埃勒。一旦环境和你相同，或者你和环境相似，这就对你毫无裨益了。你必须离开这个地方。对你来说，再没有什么比你的家庭，比你的卧室，比你的过去更危险的了。从每种事物中，只需汲取它带给你的教诲，让其中涌流出来的快乐使其枯竭下去吧。

拿塔纳埃勒，我来和你谈谈瞬间。你明白它们的存在具有什么力量吗？不是经常想到死，是不能令人充分体会到每一瞬间的价值的。难道你不明白，每一瞬间假使不是衬托在死亡这片漆黑的背景上，它就不会有这种可爱的光彩？

如果有人告诉我，给我证实，我永远有时间干事情，我便不会再努力做什么事情。我每想到要开始一种工作，就会很快改变念头，因为我同样有的是时间去做其他的事情。要是我不知道这种形式的生命将会结束，要是我不知道在经过了这段生命以后，我将安息在一种比我每晚所期待的稍许深沉、稍许迷糊的睡眠之中……我的所作所为将永远限于随随便便。

*

因此我就有这样的习惯，把我生命的每一瞬间加以分离，以便完全隔绝地接受一种快乐，以便骤然间把一种独特的快乐集中在某一瞬间；这种快乐，我从最近的回忆中已不能辨认。

*

拿塔纳埃勒，非常简单地说明、表态，这已是一种很大的愉快：

棕榈的果实叫作椰枣，这是一道美味的冷菜。

棕榈酿的酒叫作棕榈酒，这是发了酵的树汁；阿拉伯人往往因此而陶醉，我却并不非常喜爱。在那美丽的瓦尔迪花园里，那个卡比尔[1]牧羊人呈献给我的正是一杯棕榈酒。

今天早上我在通往泉眼的小路上散步，找到了一朵奇异的蘑菇。

它像橘红色的木兰果，裹着一层白壳，里面有一些灰点，看来是内部长出的孢粉。我把蘑菇剥开，里面充满了泥浆似的物体。中心有透明的浆液，发散出令人恶心的气味。

在这朵蘑菇周围，有一些绽开的蘑菇，和我们在老树干上见到的那些扁平的菌类赘生物一样。

（我在动身去突尼斯之前写了这些；现在转抄给你，好向你指出每一种事物在我注视时，对我来说是何等的重要。）

---

[1] 卡比尔人是居住在阿尔及利亚北部的柏柏尔人。——编者注

翁弗勒尔[1]（在街上）

有时，我觉得旁人在我周围骚动，仅仅是为了增添我个人生活的感觉。

昨日我在这里，今天我在那里；
上帝！他们这些人说来说去：
昨天我在这里，今天我在那里……
他们这些人对我来说算什么？

我记得有一些日子，只要我重复二二仍然得四的老调，只要瞅一眼我放在桌上的拳头，就足以使我充满某种幸福感。

而另一些日子，我对此完全无动于衷。

[1] 翁弗勒尔（Honfleur），位于法国西北部，历史悠久的航海港口。——编者注

第三书

LIVRE TROISIÈME

博尔盖塞别墅[1]

在这浅水池里……（明暗交界处）……每一滴水，每一缕光线，每一个生命都会带着快乐死去。

快乐！我愿不断地重见这个字眼；我愿它是幸福的同义词，我甚至希望只要用存在这个词就够了。

啊！上帝创造世界不光是为了这个目的，这一点我们是无法理解的，除非想到……

这是一处阴凉胜地，那里诱人入睡的魅力是如此强烈，以致可以说我以前从未感受过。

在那里，美味的粮食在等待我们产生饥饿感。

[1] 博尔盖塞别墅（Villa Borghèse），一座大型英式庭园，位于意大利罗马东北边缘的苹丘，别墅中的博物馆收藏有提香、拉斐尔、卡拉瓦乔等画家的经典作品。——编者注

亚得里亚海（凌晨三时）

这些水手整理帆缆时的歌声令我心烦。

噢！十分古老而又如此年轻的大地！你怎么能知道人们如此短暂的生命竟有这种美味——这种又苦又甜的滋味？

表象的永恒的概念，你又怎能知道：死亡的临近给予每个瞬间以何等的价值！

噢，春天！那些一年生的植物急急忙忙要开出它们脆弱的花朵。人的一生只有一个春天，但回忆某次欢乐并非再次接近幸福。

菲耶索莱的山岗

美丽的佛罗伦萨，你是鲜花的城市，奢华的城市，认真学习的城市，尤其是一座严肃的城市；这是爱神木的种子，那是“纤巧的月桂树”[1]

[1] 出自歌德的戏剧《托尔夸托·塔索》第一幕第一场。——编者注

的桂冠。

温奇利亚塔的山岗。我在那里第一次见到云雾在蓝天之中化为乌有。这使我非常惊奇，我原来不认为天空中的云块能这样消散，我以为它们要一直延续到下雨时为止，因而只可能密集增厚。不，我观察到所有的云块，一块一块地消失，剩下的只是那湛蓝的天空。这是一种美妙绝伦的死亡，一种在空中的消逝。

罗马，苹丘

那一天给我带来快乐的，好像是爱之类的东西——可又不是爱——或者至少不是人们所追求或谈论的那种爱。这也不是美的感觉。这不是来自一个女人，也不是来自我的思想。我要不要写下来？我要不要说出来？我说出来你能不能理解？——这只是**光**的强化。

我坐在这花园里，见不到太阳，但是空气

素描：温奇利亚塔城堡及其周围的山岗
Joseph Pennell, *Castello Vincigliata and its environs*, c. 1904

由于散光而晶莹发亮，蓝天仿佛变得澄澈透明了，仿佛飘下了雨丝。一点不错，我看到光的波浪，光的旋涡；苔藓上闪现着一些水珠般的晶莹；一点不错，在这大路上，光就像在那里流动，而停留在那些树梢尖上的，则是镀了金的泡沫。

……………………………………………

那不勒斯，面向大海和太阳的小理发店。码头上热乎乎的，人们撩起帘子进去。这下子可以松松筋骨了。这可以持续很久吗？一片宁静。太阳穴旁沁出汗珠。脸颊旁肥皂泡沫在微微颤动。理发师给我刮过胡子后，继续修脸，用的是一把更灵巧的剃刀；现在他又用一小团以温水浸湿的海绵，弄软我的皮肤，撩动我的双唇。接着，他用一种馥郁柔和的水来洗濯脸上的灼热感；随后，再抹上一层香油膏，进一步加以滋润。我不想动弹，就叫他给我理发。

阿马尔菲[1]（在夜间）

有时，黑夜间的守候，

不知道等来的是什么样的爱情。

俯瞰大海的小卧室；海上的月亮，过于明亮的光把我照醒了。

在走近窗口时，我以为这是曙光，以为即将见到太阳的升起……不……（月亮已经圆了，完全圆了）——**月光**——是那样柔和，柔和，柔和得像在《浮士德》第二部中欢迎海伦时的月光一样。荒凉的大海。死寂的村庄，一只狗在黑夜中吠叫……一些窗口挂着破烂衣衫。

没有为人留下一席之地。令人难以理解这一切怎么还会再苏醒。那条狗懊丧过度。白天将不再来临。无法入睡。你将……（做这还是做那？）：

[1] 阿马尔菲（Amalfi），意大利坎帕尼亚大区的市镇，以俯瞰大海的壮观悬崖而闻名。——编者注

从荒芜的花园中走出来？

朝海滩走去，在那里沐浴？

去采撷月光下呈现灰色的橘子？

去安慰这条狗，再加以抚摸吗？

（我多次感到大自然要求我有所表示，可我不知道表示什么好。）

等待那不会到来的睡意吧……

*

一个小孩跟随我走进了这座有围墙的花园。他攀住擦着楼梯的树枝。楼梯通向顺着花园边沿的平台。乍看上去，似乎没法走进这个花园。

噢，俊秀的脸蛋，我在叶丛下抚摸了你！阴影再多也永远遮蔽不了你的光彩。发卷的影子在你的额上总显得更为深暗。

我要到花园中去。去攀附藤条和树枝。在这莺语远胜过鸟笼的丛林里，我会柔肠寸断，泣不成声——一直到傍晚，一直到夜色的降临。

而那喷泉的神秘之水，将因苍茫的暮色而转为金黄，显得深邃。

在树枝下美丽的躯体比肩依偎。
用纤细的手指，我抚摸她珠色的皮肤。
我瞧着她那双纤细的脚，
无声地踩在沙地上。

锡拉库萨[1]

平底船；低垂的天空，热雨蒙蒙，一时好像压到我们的头顶；水生植物发出泥腥味，它们的枝茎东倒西歪。

水的深度遮盖了这泓大量喷涌的青色源泉。没有任何声息；在这萧瑟的田野里，在这自然

[1] 锡拉库萨（Syracuse），位于意大利西西里岛，沿袭自希腊罗马时代的古城。——编者注

的洼地里，纸莎草丛中好像盛开着汩汩的水花。

突尼斯

极目四望，天水是一色的湛蓝，唯有一片远帆呈现着白色，唯有帆影在水中呈现着绿色。

夜来了。戒指在黑暗中一闪一闪。

月光遍地，月光下漫步。夜间的思绪不同于白昼。

凄惨的月光泻照在沙漠上。鬼魂在墓地出没游荡。光脚踩在蓝色的石板上。

马耳他

广场上，夏日的黄昏带来了异常的醉意，这时天还很亮，可是已不再出现影子。非常奇特的兴奋感。

拿塔纳埃勒，我来给你谈一下我见到过的最美的花园：

在佛罗伦萨，人们出售玫瑰：整座城市有好些天都散发着花香。每天晚上，我漫步到卡希内。星期日，就走进无花的波波里花园[1]。

在塞维利亚，靠近吉拉达[2]的地方，有一个古老的清真寺院，对称而稀疏地种植着一些橘树，剩余的空地都铺上石板。大晴天，人们只有一个小小的影子。这是一个方方正正，四周围着墙的院子，异常优美。我无法对你解释为什么优美。

出了城，在一座铁栅围住、非常巨大的花

[1] 波波里花园（Jardin de Boboli），建于1550年，位于意大利佛罗伦萨的知名庭园，美第奇家族、哈布斯堡－洛林王室和萨伏伊王室曾先后居于此，园内收藏有文艺复兴时期的雕塑作品。——编者注

[2] 吉拉达（Giralda），塞维利亚大教堂的一座钟楼，是该市的地标建筑。——编者注

园里，长着许多热带树；我没有走进去，但从栅栏缝隙中朝里观看；我瞥见一些珠鸡在奔跑，因此，我就想，这花园里饲养着许多禽兽。

我怎么对你谈阿尔卡萨呢？这座花园好像是一个波斯式的奇迹；现在我对你讲起它时，我觉得我对它的喜爱，远胜过别的花园。我读哈菲兹的诗时就想起它：

给我拿酒来吧，
好让我弄脏长袍；
爱情虽使我踉踉跄跄，
人们却还竞相称我是智者。

林荫小径上可以戏水；这些小径铺着大理石块，边沿栽着爱神木和柏树。小径的两旁有大理石的浴池。国王的爱妃们就在这里入浴。这里除了玫瑰、水仙、月桂花以外，你看不见其他的花卉。花园的深处有一株特别高大的树，人们会想象这树上停着一只鹎鸟。靠近宫殿，另一些趣味低俗的浴池，会使你想起慕尼黑王宫的庭院里一些通体用贝壳镂成的雕像。

有一年春天，我走进慕尼黑的这些王家花园，品尝了五月的香草冰激凌，身旁的乐队不停地演奏着军乐。听众衣着平常，但都是音乐迷。夜晚由于哀婉动人的夜莺而更为迷人。其歌声宛如一首德国的诗歌，使我黯然神伤。乐趣达到一定的强度，人们的感受便很难超过，一旦超过就会掉下泪水。王家花园给予我的乐趣，使我几乎痛苦地想到我差点儿没有来这里。就是在这个夏天，我学会了更细微地享受各种气温。眼睫毛有奇妙的辨识功能。我回想起在车厢里度过的一个夜晚。车窗敞开着，我专心地享受着比以前凉快的清风的微拂；我合上眼睛，不是入睡，而是要好好享受此刻。炎热的气浪使整个白天都闷得要命，入夜，空气还是暖洋洋的，不过对我烧灼的眼皮来说，却显得清凉而又含有水分。

在格拉纳达，赫内拉里菲宫的平台上，种

植着夹竹桃，我去的时候还没有开花。在比萨的坎波桑托，在圣马克的小隐修院，我原先以为都盛开着玫瑰，却没见到玫瑰的影踪。但在罗马，我去苹丘时看到了，正是最美的季节。午后是难以忍受的炎热时刻，人们常去那里乘凉。由于住在附近，我每天到那儿去散步。那时我生着病，什么事情都不能想；大自然进入了我的心坎；再加上神经上的紊乱，我有时不再感觉到身体的界限；我的身体延续得很远；有时，又觉得像糖块似的变得多孔淌汗，浑身感到痛快；我好像在融化。从我所坐的石凳处，看不到曾使我精疲力竭的罗马城；我好像俯瞰着博尔盖塞花园。离花园较远的低处，生长着高大的松树，它们的树梢竟和我的双脚齐平。啊，平台！从平台上眺望，视野就开阔了。啊，这是空中的飞行！……

夜晚，我很想在法尔内塞公园里游荡，但那里不让人进去。在隐蔽的废墟上到处是奇花异草。

油画:《赫内拉里菲宫的花园》
Santiago Rusiñol, *Jardines del Generalife*, 1898

在那不勒斯，有一些建筑低矮的公园，它们像码头那样沿着海边伸展，并且让阳光尽情地泻进来。

在尼姆的拉方丹公园里，满是相互沟通的清澈溪流。

在蒙彼利埃的植物园，记得有一天晚上，我和安布鲁瓦兹[1]像在柏拉图学园一样，在一座古墓上坐了下来，墓的四周种着柏树；我们慢条斯理地谈着，一边咀嚼着玫瑰花瓣。

有一个夜晚，我们在佩鲁步道望见了远处的大海，一轮明月的银光倾泻在海上；在我们的近旁，城市的塔状喷泉的水声阵阵传来；一些镶着白边的黑天鹅正在水池中静静地浮动。

在马耳他，我去大使馆驻地的花园里读书；在姆迪纳古城那里有一片小小的柠檬树林；人

---

[1] 指法国诗人、作家保罗·瓦莱里，安布鲁瓦兹（Ambroise）是他全名的一部分。纪德与瓦莱里相识于 1890 年，此后结为好友并长期通信。——编者注

油画:《法国尼姆的拉方丹公园》
James Carroll Beckwith, *Jardin de la Fontaine at Nimes, France*, 1911

们都叫它“林园”；我们爬上树睡觉；我们吃成熟了的柠檬，那第一口的酸味真叫人忍受不了，可是过后却在嘴内留下了一阵清香。在锡拉库萨，在那具有残酷历史的拉托米亚采石场[1]里，我们也同样吃过柠檬。

在海牙的公园里，并不太野的黄鹿川流不息地出没奔走。

从阿夫朗什的花园，我们眺望了圣米歇尔山。傍晚，远处的沙滩如同红炭一般。有一些小城市拥有美丽的花园；我们忘记了城市；我们忘记了城市的名字；我们渴望重见花园，可我们却不知道怎样回去。

我梦想着摩苏尔的花园，有人告诉我那些花园里开满了玫瑰。内沙布尔的玫瑰花，奥马尔歌唱过；设拉子的花园，哈菲兹吟咏过；我们再也见不到内沙布尔的花园。

---

[1] 在希腊罗马时代，锡拉库萨的奴隶、战俘和罪犯被监禁在这里，从事艰苦的采石劳作。——编者注

但在比斯克拉，我游览了瓦尔迪花园。孩子们就在里面放牧山羊。

在突尼斯，除了公墓以外，没有别的花园。在阿尔及尔的埃塞花园（里面有各式各样的棕榈树），我品尝过从未见识过的水果。而关于卜利达！拿塔纳埃勒，我怎么对你说呢？

啊！萨赫勒[1]的青草多么柔软！你的橘花多么艳丽！你的林荫地多么清凉！你花园里的香味甘美好闻。卜利达！卜利达！你是一朵娇小的玫瑰！在初冬时节，我没有很好地认识你。你那神圣的树林里，只有春天不会更新的常绿叶；你的紫藤仿佛是可以用来生火的蔓枝。来自高山的风雪向你逼近；我在卧室里没法暖和自己，在你那多雨的花园里更感到阴森凄冷。我阅读费希特著的《全部知识学的基础》，感觉自己又有了宗教信仰。我变得温和谦让；我

[1] 萨赫勒（Sahel），突尼斯东部地区，得名于阿拉伯语中的“海岸线”一词。——编者注

油画：雷诺阿《阿尔及尔的埃塞花园》
Pierre Auguste Renoir, *Le Jardin d'essai à Alger*, 1882

明信片：卜利达被誉为“玫瑰之城”
Roses de Blida

认为一个人要忍受痛苦，并努力把这一切都看成德行。可现在，我把我鞋上的尘埃都抖在上面，谁知道风把这些尘埃吹向何方？沙漠中的尘埃，我曾像先知那样在其中踯躅过；过分干燥、风化了的岩石，在我的脚下滚烫灼人。（因为太阳极大地起了加热作用。）在萨赫勒的草地上，但愿我的双脚能得到憩息！但愿我们所有的话都出自心中的爱！

卜利达！卜利达！萨赫勒的花朵！娇小的玫瑰花！我见过你，温存，芳香，长满叶子和花朵。冬天的雪无影无踪。白色的清真寺在你神圣的花园中神秘地发光，而那些压在花朵下面的蔓枝弯曲了。一株橄榄树在紫藤的盘绕之下消失了。那甜丝丝的空气带来了橙花的香味，甚至那纤弱的橘树也散发出阵阵清香。获得解放的桉树，从尖梢开始，让老树皮脱落；这树皮用旧的保护层悬空挂着，就像一件被太阳晒坏的衣服，就像我的古老的道德观，只在隆冬才有价值。

卜利达

茴香树茎干粗大（它的金绿的花朵在金色的阳光下，或在纹丝不动的桉树的翠叶下放出光芒），初夏的一个早晨，我们驰骋在去萨赫勒的公路上。这些茴香树具有无可比拟的光泽。

而桉树不是显得吃惊，就是保持镇静。

每种事物都是大自然的一分子，无法超越大自然。物理定律涵盖一切。火车在黑夜里疾驰，清晨它就会蒙上露水。

在船上

噢，紧闭的舷窗，船舱的圆窗，有多少个夜晚，我从卧铺上凝视着你！我暗自思量：行啦，当圆窗泛白的时候，就是黎明；那时我就起身，我就抛开烦恼；黎明将洗涤大海；我们将登上陌生的土地。黎明是来了，可大海却没有平静，而陆地仍很遥远，于是我的思想随着波动的水摇晃不定。

浑身上下都对波浪带来的不适念念不忘。我想，是否要把思想拴到这摇摆着的桅楼上？波涛啊，难道我看到的永远只是海水在晚风中溅起的浪花？我把爱播撒到浪花上，把思想播撒在贫瘠的波浪的平原上。我的爱沉浸在这前后相连而又相互雷同的波涛中。波涛逝去，眼睛再也不能辨认。——不成形的大海，起伏不定，远离人群；你的浪涛却永不缄默；什么都阻挡不住它们的流动，但没有一个人能发现无声的波涛；甚至是最单薄的救生艇，也会遭到波涛的撞击；它们的噪声使我们想象风暴的呼啸声。巨大的浪头在前进和相接时都悄无声响。它们相互追逐，依次掀起同一份海水。唯独海浪的形状在海面漫游；这份海水由一个个浪头举起，接着又由它们放下，从不伴随它们前去。每个浪头的形式只在极短的瞬间占有同一内容；接着它便抛开这个内容，获得另一个内容。形式的连续性就是如此。我的灵魂啊！别把你拴在任何思想上。把你的思想抛向海风，海风会卷走它们；你自己是绝不会把它们一直带到天国的。

正是浪涛的流动，在如此地摇晃着我的思想！在海浪上面你建立不起任何思想。海浪只要受到一丁点儿负荷，就会逃之夭夭。

在经过令人气馁的漂流和迷失方向的航行以后，美好的海港会最终出现吗？在那里，我那得到了憩息的灵魂，可以在牢固的防波堤上，依傍一座旋转的灯塔，眺望大海。

第四书

LIVRE QUATRIÈME

I

在一个花园里——
在佛罗伦萨的山岗上
（那面向菲耶索莱的山岗）——
我们今晚在那里聚集[1]：

梅纳克说：昂盖尔、伊基埃、狄第尔，你们不知道，也无法知道是什么样的欲望燃烧了我的青春。（拿塔纳埃勒，这话我现在以自己的名义向你重申。）我对光阴的飞逝感到恼火。必须做出选择，这总是令我感到难以忍受；在我看来，选择主要并不是选，而是摒弃不为我所择取的事物。我深感光阴的局限性，时间只具有一个维度；时间是一条线，我多么愿意这条线具有空间的形式；我的欲望驰骋在时间的线上，必然会前后践踏。我总是只能做这件事

[1] 指涉薄伽丘《十日谈》中的情节。——编者注

或只能做那件事，所以我常常不敢有任何作为。我昏头昏脑的，两只手好像总是张开着，唯恐一合下去，抓住的仅仅是一样东西。我人生中的差错，是从那时起，就不长期地从事一种学业，因为我不甘心放弃很多种其他的学业。以这种代价得来的一切都太昂贵，各种说辞都无法战胜我的苦恼。进入一个欢乐的交易场所，而身上只有（这是托谁的福呢？）一笔微不足道的钱。只有这样一笔钱！进行选择，这就等于永远放弃其余的一切，而这数量众多的其余部分总要比任何个别事物更可取。

由此我对这个世界上的各种占有抱有一点反感；那种害怕心理，是害怕自己从此只能占有这种事物。

商品！食物！许多新发现的东西！为什么我们不经争执，就不能得到你们呢？我知道大地的资源正在枯竭（尽管这些资源可以源源不断地补充），我知道，兄弟，我喝干了的杯子对你来说就是个空杯子（虽说水源就在附近）。但你们，你们这些非物质的思想，不固定的生命形式，科学的知识和对上帝的认识，装盛真理的杯子，不会干涸的杯子，你们到了我们唇边，为什么又舍不得给予呢？其实，我们的干渴全部得到了满足，也不足以使你们枯竭。在新的嘴唇伸向你们时，你们总是满溢出清凉的水。——我现在明白这一神圣源泉的每一滴水都是相同的；那最小的水滴就足以使我们陶醉，向我们显示一个完整的上帝。但那时，愚蠢的我，为什么不希冀得到呢？我见到别人干任何事情，都希望自己来干；不是希望自己干过，而是干。——请你听我说——因为我不仅不大害怕疲惫和痛苦，而且把这些看作生活的教育。我嫉妒巴门尼德已有三个星期，因为他在学习土耳其语；两个月以后，我又嫉妒狄奥多西，因为他在探索天文学。因此我对自己只能描绘一幅最模糊、最不清晰的图像。

“梅纳克，给我们说说你的生平吧。”阿尔

西特说。——于是，梅纳克又往下说了：

“我到十八岁上，完成了初期的学业。那时我厌倦工作，内心空虚，从而萎靡不振，身体因束缚而不适。我踏上了漫无目的的旅途，消耗自己流浪的狂热。我认识了你们今日了解到的一切：春天、大地的气息、田野上盛开的花朵、河面上的晨雾，以及草原上日落时的水汽。我穿越一些城市，不愿在任何地方停留。我想，一个人在这个世界上没有任何牵挂，在川流不息的运动中保持不变的热忱是有福的。我敌视炉火、家庭，敌视一切让人们得到憩息的场所；我也敌视持久的感情、忠贞的爱情、一成不变的思想——这一切都会损害正义；我宣称：我们应该始终对每种新鲜事物持毫无保留的欢迎态度。

“有些书本告诉过我：每一种自由都是短暂的，自由从来就只在找它自己的奴隶地位，或者，至少在找它的信仰。这如同蓟草种子随风飘扬，找一块可以生根的沃土一样——只在固定下来以后才会开花。但是我在课堂上学到过：理论不能引导人们；每种理论，只要去找，就可以找到与之相悖的理论。我于是就常常在长途跋涉中寻找相悖的理论。

“我始终生活在等待之中，心里乐滋滋地准备接受各种各样的未来。见到快乐就会产生对这种快乐的饥渴；我想方设法使得这种饥渴和它的满足相距极近，就像问题和已经准备好的回答不用什么间隔一样。我的幸福在于每个泉源都能使我体会到一种焦渴；而在缺水的沙漠里，我的幸福又在于我心甘情愿地让我的体温在烈日的暴晒下上升。夜晚人们可以来到美妙的绿洲。盼望了一整天后，绿洲更能给人以阴凉。在这片覆盖着黄沙，在太阳的炙烤下昏昏欲睡的大地上，我却感觉到——天气这么炎热，连空气也在振荡——我感觉到生命还在搏动，不能安睡；在远方天际，生命因衰竭而颤抖；在我的脚旁，生命受爱情的滋养而膨胀。

“每日每时，我只是一味寻求一种能更单纯

地渗入自然的能力。我具有那种不太受自己束缚的宝贵的天赋。过去的回忆能施加于我的威力是极有限的，仅仅能维持生命的一贯性：好像那条把忒修斯和他昔日的爱情连接起来的神秘之线[1]，它并不能阻止他穿越最新的国度。这条线还会断掉……美妙的新生！我在早晨的散步中时常能品味到新生的感受、知觉的温柔。‘诗人的天赋啊，’我喊道，‘就是能不断左右逢源的天赋！’于是我四处去恭候。我的灵魂是开设在十字路口的客栈。谁想进，就请进。我变得柔顺、友好。我所有的感官都听从支配。我专心倾听，可以不带哪怕一种个人偏见，把握住各种闪现的感情。我反应非常微弱，几乎是从无异议。没有任何事物被我视为罪恶。另外，我很快注意到，我对美的爱好，竟极少依赖于

[1] 希腊神话中，克里特岛国王的女儿阿里阿德涅爱上了雅典英雄忒修斯。凭借她给的线团，忒修斯破解了迷宫，杀死了怪物弥诺陶诺斯，并得以原路返回。——编者注

对丑恶的仇恨。

“我憎恨厌倦。我知道是无聊造成了厌倦。我主张人们发挥事物的多样性。我到处歇息。我在田野上睡觉，在平原上酣眠。在大垛麦捆中，我瞥见过曙光的颤动；随后，在山毛榉林中，我瞥见过乌鸦的苏醒。我清早在草地上沐浴，朝阳晒干我涔湿的衣裳。有一天我看到丰收的庄稼伴着歌声归来，沉重的牛车缓缓前进，谁还会说田野哪一天比这一天更美呢！

“有一阵子，我那样快乐，竟想把快乐传递给别人，并说出快乐在我身上生存的原因。

“我观看一些陌生村落里的人家，这些家庭昼散夜合。父亲回来了，被工作累垮了；孩子们放学回家了。房子的大门有一阵子半掩着，迎接光、热和欢笑，黑夜降临时大门重新关上。游荡的一切再也无法进入。风在门外簌簌作响。——家庭，我憎恨你！围有栅栏的家园，紧闭的门户，保障幸福的财产。——有时，凭借黑夜，我凑近一个窗户，久久地观看一家人的动静。父亲靠近一盏灯；母亲在缝补衣物；爷爷的座位空着；一个孩子在父亲身旁学习。于是，我产生把这孩子带走，一起浪游的想法。

“第二天，在放学时刻，我又见到了这孩子。第三天，我对他讲了话。四天以后，他丢掉一切跟我走了。我使他睁开眼睛看到了伟大的平原。他明白这平原是为他伸展的。我教导他，使他的灵魂变得更加放荡不羁，变得欢悦乐观。随后，我还教他摆脱我。去体验孤独的滋味。

“独自一人时，我品味到骄傲所产生的强烈的快乐。我喜欢在日出前起身；我在茅屋顶召唤太阳；云雀的歌声是我的遐想，露水是我在破晓时的洗涤剂。我喜欢过分地节制饮食。我的食量小到使我头晕目眩，浑身感到陶醉。此后，我喝过许多种酒，但是我知道，没有任何酒给过我这种禁食后的眩晕，没有任何酒，在大清早太阳出来之前，我还未在麦垛里熟睡之时，给过我这种平原摇晃的感觉。

“对于随身携带的面包，我有时一直保存到

饿得半死时才食用。那时我好像能更亲切地感受大自然，也能更好地被大自然渗透；外界涌流入我身，我所有的感官迎接大自然，我身上的一切都参与了这一活动。

“我的灵魂最后充满了激情，孤独感又加剧了这种激情。可在傍晚，这种激情又会使我疲惫。我以骄傲来支撑自己。但这时我又怀念伊莱尔，是他一年前使我克服了性情中过于孤僻的成分。

“到了傍晚，我就找他谈心。他本身是个诗人。他懂得一切和谐。大自然的每种现象，对我们可以说成了一种公开的言语，我们能从中洞察到原因。我们能通过昆虫的飞舞识别昆虫，通过鸟类的歌声识别鸟类，通过女人们留在沙滩上的足迹来断定她们的美貌。对奇遇的渴望也吞噬着伊莱尔，他的力量使他变得大胆。我们心灵上的青春哪，肯定没有任何光荣及得上你！我们津津有味地品尝一切，难以使自己对自己的欲望感到厌倦。我们的每一个思想都充满热忱，感觉对于我们来说是一种奇特的刺激。

我们消磨光辉的青春，等待着美好前程的到来。在通往未来的大道上，我们大步迈进，口嚼篱笆上的花朵，嘴里充满似蜜的甜味和美妙的苦味，这大道的尽头总是隐约地显现在我们眼前。

“有时，我回到巴黎，常常回那屋里待几天或几小时，我勤奋学习的童年就是在那里度过的；屋里的一切都在静谧之中；家具上覆盖着床单毛巾之类，这是主妇离去前放上去的。我一手持灯，从一个房间走到另一个房间，没有打开紧闭了几年的百叶窗，也没有扯起发散着樟脑味的窗帘。室内的空气沉沉的，气味很重。只有我的房间得到了整理。书房是最阴暗、最悄无声息的房间，书架上和桌子上的书籍还保留着我当年安放时的秩序；有时，我翻开其中一本，尽管是白天，我还是开灯阅读，我忘却了时间，我感到幸福；有时我掀开那架大钢琴，在脑海中搜寻昔日曲调的节奏；但我总是只能回忆起一鳞半爪，我宁可停下，也不愿琴声使我伤感。翌日，我又远离巴黎。

“我天生多情的心灵像水一样流向四方；我觉得没有任何快乐属于我自己；我邀请遇见的每个人共享快乐，而如果我独自享受快乐，那仅仅是由于我的骄傲。

“有些人指责我自私；我指责他们愚蠢。我有这样的想法：我不爱某一个人，男人或是女人，但我珍重友谊、感情或爱情。当我把爱情奉献给某一个人时，我不愿剥夺我对另一个人的爱情。我只是在出借我自己。我也不愿去独占任何人的身心；正像我在大自然中漂泊流浪一样，在这个方面，我也从不停留。在我看来，任何偏爱都不公正；我想属于大家，所以不委身给某一个人。”

“我对每一座城市的回忆都连带着一次放荡作乐的回忆。在威尼斯，我跻身于化装舞会；在船上，在中提琴和长笛的演奏声中，我尝到了爱情的滋味。满载着年轻女子和男人的其他船只尾随在后面。我们的船划向丽都去迎接黎明，但在一轮红日升起时，我们已精疲力竭得入睡了。因为音乐早已悄无声息。但是虚假的欢乐所遗留下来的这种疲乏我也喜爱，苏醒时的这种晕眩我也喜爱，是这种晕眩告诉我们欢乐已经消逝。——我会随着那些大船的水手去其他的港口；我走进那些灯光昏暗的小街；但是我谴责探索的愿望和我们特殊的欲念；我和那些水手在低级的酒吧间附近分了手，走回宁静的海港。在那里，默默无言的黑夜似乎在劝导人们回忆那些小街，街上奇异动人的喧闹声恍惚还能听到。我比较喜欢的还是田间的宝藏。

“可是，到了二十五岁，我没有倦怠于旅行，却受到过于骄傲的折磨，这种流浪的生活使我的骄傲不断滋长。我明白和确信，自己选择一种新生活方式的时机终于到了。

“‘为什么？’我对他们说，‘为什么你们要和我奢谈重上旅途呢？我很清楚，条条路边盛开了新的花朵；然而这些鲜花现在等待的是你们。蜜蜂采蜜只采一阵子；采完蜜，它们就成了宝库的管理员。’——我回到了被遗弃的公寓。我挪开了铺在家具上的布；我打开了窗户；我在周围摆设了所有能弄到手的珍贵或易碎的物品，花瓶或珍本书籍，特别是画，我对画的知识使我能以极低的价钱买到画。这些全靠我的积蓄。我在流浪生涯中，可以说不由自主地积蓄了这些钱。在十五年中，我像一个悭吝人一样攒钱；我尽一切努力致富；我学习已过时的语言，因此能读懂许多书；我学习演奏各种乐器；每日每时都消磨在卓有成效的学习上；历史与生物尤其占用我的时间。我学了文学。我广交朋友。友谊比起其他的一切对我更为宝贵。然而，即使是友谊，我也丝毫不受其束缚。

“到五十岁上，时机来了，我把一切都卖了。由于我可靠的鉴赏力以及对各种事物的广博知识，我在过去从未买进任何不会升值的东西，因此，我三两天内就弄到了一笔巨大的钱财。我把这笔钱存妥，以便随时可以支配。我把一切都卖了，丝毫不留，因为我不想在这世界上留下任何有关我个人的东西；哪怕是最微不足道的过去的纪念品。

“我对陪伴我漫步田间的米蒂尔说：‘这美丽的早晨，这雾，这光，这凉爽的空气，你心脏的搏动，如果你能全身心地注意，那么你的感觉还会好得多呢！你以为你已置身其中，其实你生命中最美好的部分还受着禁锢；你的妻子和孩子，你的书籍和你的学习占据了这一美好的部分，它们从上帝那儿得到了你这一部分。

“‘你以为在这一确定的瞬间，能品尝到生命强烈的、完全的、直接的感觉——而不先忘却与这感觉无关的一切？你的思想习惯在束缚你；你生活在过去和未来之中，因而你不能自发地感觉。米蒂尔，只有生存于瞬间之中，我们的生命才是生命；在瞬间中所有过去都已死去，而任何未来尚未诞生。瞬间！米蒂尔，你要明白，瞬间的存在具有何等的力量！因为我们生命的每一瞬间在本质上是不可替代的：你要学会不时地全神贯注于瞬间之中。米蒂尔，你要知道，在此瞬间，你如不再拥有妻子和孩子，你在世上就会独自面对上帝。但是你在不断地怀念他们。你还把你整个的过去，你所有的爱情，你对世上一切事物的杂念都放在心上，好像唯恐把它们丢失似的。对我来说，我全部的爱情时刻都在等待我，而且会给我带来新的惊讶；我每时每刻都在认识爱情，而不是回味爱情。米蒂尔，你猜想不到上帝所拥有的种种形式；你过久地注视并迷恋上了某种形式，你就成了瞽者。你在崇拜上的固定性使我不好受；我愿你的崇拜更加扩散和多样。在所有被你关闭的门背后，都有上帝存在。上帝的任何形象都值得珍爱。万物都是上帝的形态。’”

“我用获得的财富，先装备了一条船，随后，我带着三个朋友、一些船员和四个见习水手出海。我对这些人中最丑的一个动了情。可是尽管有他的抚摸，我还是宁可观赏汹涌的大海。天黑时，我进入奇异的港口，有时我整夜寻欢作乐，在黎明以前离开港口。我在威尼斯结识过一个非常妖艳的妓女，爱了她三个夜晚；她是那样妩媚，使我近身以后忘却了昔日爱的欢乐。正是为了她，我把船卖给了她，或者说把船送给了她。

“我在科莫湖[1]的一座宫殿里住了三个月，那里聚集着最优秀的音乐师。我也在那里召集了一些美女，她们举止端庄，而又娴于交谈；晚上，我们聊天，而乐师们的演奏使我们入迷；随后我们走下石阶，那最下面的几级浸在水里。我们上了船，小船四处漂荡，我们的爱情在有节奏的桨声中平息下去。返航时昏昏沉沉；一靠岸，便蓦地惊醒。伊杜瓦娜倚在我的怀里，默默无言地登上石阶。

“一年后，我住在旺代省离海滩不远的一座

[1] 科莫湖（Lac de Côme），位于意大利伦巴第大区的冰蚀湖，自罗马帝国时期以来就是受贵族和富人喜爱的度假胜地。——编者注

大花园里，三个诗人歌颂了我对他们的款待。他们也谈到了有鱼、有植物的池塘，种植着白杨树的大道，孤立的橡树，一丛丛的梣树，以及那花园优美的布局。秋天到来了，我叫人把最高大的树木伐倒，我喜欢使自己的住处荒芜下去。我们这一大伙人当时在园中漫步。我听任小径里杂草丛生。这花园的情景将来就无法辨认了。林荫路上，从这头到那头，到处都有伐木工人的斧声传来。横在路上的树枝经常缠住连衣裙。秋色弥漫，灿烂绚丽。花园里的景色如此壮丽，使我过后很久都想不到别的东西。我从中看到了自己的衰老。

“从那以后，我在上阿尔卑斯省住过一幢木屋；在马耳他，住过一座白色宫殿，那是在靠近姆迪纳古城的香木林的地方，那里的柠檬含有橘子的甜酸味；在达尔马提亚，我乘坐过一驾四轮敞篷马车。而现在我就住在佛罗伦萨面向菲耶索莱的山岗花园里。今晚我就让你们聚集在这里。

“别过分强调我是多亏了际遇才得到幸福的；显然，际遇是对我有利的，但我并不曾利用过际遇。你也别以为我获得幸福是依靠财富；我的心在世上没有任何牵挂，迄今保持着清贫，因此我也容易撒手人寰。我的幸福来自热忱。我经常模模糊糊地对一切事物发生狂热的爱慕。”

II

我们所在的壮观的平台（盘旋而上的楼梯通向这里）俯瞰着整座城市，在幽深的叶丛上面，它像一艘停泊的大船，有时仿佛在向城市驶去。今年夏天，我几度脱离喧哗的街道，来这里欣赏这夜晚的沉思般的恬静。刚开始上平台时，还有嘈杂声；好像是阵阵浪涛，汹涌澎湃地卷过来，裹挟着庄严的浪峰，拍击那些高墙。但是我又上了一层楼，浪涛便到不了那里了。在最高的平台上，听不到任何别的声响，只有树叶簌簌的轻颤，以及黑夜中强烈的呼唤。

林荫道上，绿色的橡树和高大的月桂树排列整齐，延伸到天际。那平台也延伸到天际。有些圆栏杆时而向前伸出，宛如空中楼阁。我来到这里坐了下来，我陶醉在自己的思想里。在这城市的另一头，耸立着一些灰暗的山丘，山丘上的天空金黄灿烂：轻柔的枝叶，俯向绚丽多彩的晚霞，或者是苍苍的枝干，伸向夜色的天空。城市里好像升起来一股烟；这是亮晶晶的尘埃，弥漫在灯火通明的广场上。在这闷热的夜晚，在这心醉神迷的时刻，有时一支火箭，不知发自何处，在空中飞驰，像一声跟踪的喊叫，颤动着，回旋着，终于在那神秘的炸裂声中纷纷坠落。我特别喜爱的焰火是浅金黄色的那种，它们十分缓慢地坠落，非常漫不经心地四散开来，以至于人们以为那些精美绝伦的星星，也是来自这种骤然出现的仙境，因而当焰火坠落后，看到星星还高悬天空，人们就感到惊奇……随后，慢慢地，人们才辨认出每一颗星星所属的星座。这样就更延长了出神的时间。

约瑟夫说：“际遇总是以我所不认同的方式支配我。”

“管它的！”梅纳克接下去说，“我宁可设想，不存在的东西，是由于不能存在才不存在。”

III

这一天夜晚，他们歌唱的都是果实。在梅纳克、阿尔西特以及其他一些宾客面前，易拉斯歌唱了

石榴轮舞曲

无疑那三颗石榴籽足以
使普洛塞庇娜忆起往事

你们还要长时间地寻找
那灵魂不可达到的幸福。
肉体的快乐和感官的快乐，
让别人来治你们的罪吧，倘使他高兴。
肉体和感官的苦味的快乐，
让别人来问你们的罪吧——我可不敢。

当然，迪迪埃，你是热忱的哲学家，我赞

赏你，

假如你对你思想的信仰，使你觉得
没有任何快乐比思想的快乐更可爱。
可是这样的爱好，不可能人人都有。

当然，我也喜爱你们：
灵魂上的极度颤抖，
心灵的快乐，思想的快乐——
可是我歌唱的却是肉体的享乐。

肉体的快乐，犹如绿茵那样柔软，
像花朵那样逗人喜爱，
比草原的苜蓿，比一触便落叶的
愁人的绣线菊枯萎得更快，或被刈割得更快。

视觉——最令人心烦意乱的感觉……
凡是我们无法触及的东西都使我们烦恼；
智慧抓住思想
比我们的手抓住我们觊觎的对象更为容易。

噢！愿你一心向往的是你所能接触到的东西。
拿塔纳埃勒，别去寻求更完美的占有吧！
我的感官最甜蜜的快乐
是我的干渴得到解除。

当然，日出时，平原上的轻雾是令人愉快的，
阳光也是如此；
湿润的泥土使我们赤裸的双脚愉快，
被海水浸湿的沙碛也是如此；
在溪涧的泉水里沐浴是令人愉快的；
让我的嘴唇在黑暗中去亲吻不相识的嘴唇也是如此……
但是关于这些水果——关于这些水果——
拿塔纳埃勒，我对你说些什么呢？
噢！拿塔纳埃勒，你还没有尝过水果，
这使我感到失望。
果肉鲜艳多汁，
犹如滴血的肉，
红似伤口汩汩流出的血。

拿塔纳埃勒，这些水果不要求任何特殊的干渴；

人们把它们装在金篓子里端上；

由于无可比拟的乏味，它们的味道一上来就令人作呕；

不能使人联想到我们土地上生长的任何其他水果；

倒有点像过熟的番石榴，

过后会在嘴内留下涩味；

只有再嚼一个鲜果才能恢复口腔的平和；

享受到美味几乎只是尝到果汁的一刹那；

因此，随后的乏味就越发让人反胃，

而这一刹那也就越发显得珍贵。

柳条的篮筐很快就空了，

最后一个我们宁可留下而不分享。

唉，拿塔纳埃勒！谁能说出我们

嘴唇灼痛的感觉是什么样的呢？

没有哪一种水能把它们加以清洗。

对这些果子的渴望使我们一直痛苦到灵魂。

我们花了三天时间在市场中寻觅这些果品;
它们的季节已经过去。
拿塔纳埃勒，在我们的旅途中
能给我们其他希望的新果子又在哪里?

*

有些果实，我们将在平台上
面对着大海和落日食用。
有些水果，我们用加糖的冰块
加上一些烧酒来浸渍。

有些果实，在有围墙的私人花园里，
我们从树上摘下，
然后就在夏日的树荫里食用。
我们将安排一些小桌子;
树枝一经我们摇动，
果子便将纷纷落在我们身旁，

而变得迟钝的蝇虫将会惊醒。

我们用大碗收集落地的果子，

那阵阵的果香足以使我们入迷。

有的果皮会弄脏嘴唇，人们在非常干渴时才食用。

我们在沙路旁找到了这些水果；

它们在多刺的叶丛间闪烁。

我们刚想去摘取，手就被刺破了。

因此我们没有痛快地解过渴。

有些水果可以制成果酱，

只需在阳光下晒熟。

有些水果，尽管严冬腊月，仍然保持着酸味，

咬上一口，酸得你牙齿受不了。

有些水果，哪怕是炎热的夏天，

也似乎永远冰凉。

在小酒店深处，人们蜷卧在草席上食用。

有一些水果，一旦无法弄到手，
想起来，就会给人带来干渴。

*

拿塔纳埃勒，我和你谈谈石榴好吗?
在这东方的集市上，它们的价钱十分便宜，
堆放在芦苇编的筐里。
我们看见有的石榴滚落在尘土中，
被赤身裸体的顽童一一捡起。
石榴汁像没熟的覆盆子一样酸涩。
石榴花好像是蜡制品;
和红石榴一样的色泽。

珍藏的瑰宝，蜂房式的隔膜，
丰富的滋味，
五角形的建筑。

果皮迸裂；石榴籽坠落，

火红的石榴籽盛在青花杯内；

其他的石榴籽宛如金黄色的液体滴在青铜釉盆里。

西米亚娜，现在歌唱无花果吧，

因为无花果的爱情富有内涵。

她说，我歌唱无花果，

无花果的爱情深深蕴藏。

无花果的花朵向内折叠。

在紧闭的屋内举行婚礼；

没有任何香味向外泄露天机。

由于没有什么挥发，

全部香味转化成了美味的鲜汁。

貌似平常的花朵，结出美味隽永的果实。

无花果，只在花朵本身成熟时结果。

她说，我歌唱了无花果，
为展现所有花朵而唱的歌。

“毫无疑问，”易拉斯接着说，“我们没有歌唱过所有的水果。”

诗人的天赋就是无端地心潮起伏。

（对我来说，花的价值仅仅在于会结果。）

你还没有谈到过李子。

篱笆上的黑酸李，
冰冷的雪花使它变甜。
欧楂只有腐烂了才能食用；
而那枯叶色的栗子
在炉边噼啪爆裂。

“我想起有一天，在严寒的冰雪中，我去山上采摘那些深绿的越橘。”

“我不喜欢雪，”洛泰尔说，“这是一种极

其神秘的物质，迄今还是和大地格格不入。我憎恨它孤傲的白色，把风光景色都盖住了。它冰冷凛冽，抵制生命；我知道它覆盖着生命，并且保护着生命，但是生命只有在雪化以后才得到复苏。因此，为了植物，我愿看到白雪变成灰雪、脏雪、半融的雪，甚至化成水。”

“别这么评论白雪，”于尔里克说，“因为白雪也有它的美。白雪因爱情满溢而融化时才显得忧愁痛苦。你既然喜欢爱情，你就喜欢半融的雪。凡是白雪胜利的地方，它都是美丽的。”

“那个地方我们不会去的。”易拉斯说，“凡是我说‘好’，你就不用说‘不好’。”

*

于是这天夜晚，我们每个人都以轮舞曲的形式歌唱：毛里贝唱了

最著名情人的叙事曲[1]

苏莱卡，为了你，我丢下
司酒官为我斟满的酒不喝。
为了你，我，布阿卜迪勒，在格拉纳达
灌浇赫内拉里菲宫的夹竹桃。

---

[1] 这首叙事曲提到了历史上许多有名的情人。歌德的《东西诗集》第八卷《苏莱卡之书》中讲述了诗人哈特姆与少女苏莱卡的爱情故事，这两个名字也是歌德和情人玛丽安娜用于通信的笔名。布阿卜迪勒是格拉纳达酋长国末代君主，与王后莫雷玛新婚后不久就被囚禁。《列王纪上》中来自南方的示巴女王（巴尔基丝）来访所罗门，用难题试验他，被他的智慧折服，心生爱慕。《撒母耳记下》中，大卫的长子暗嫩爱上了同父异母的妹妹他玛；大卫在王宫的平台上看见拔示巴在沐浴，爱上了她，用计害死了她的丈夫乌利亚。《雅歌》中，书拉密女是所罗门王吟咏的对象。福娜利娜（意为“面包师的女儿”）是拉斐尔多幅肖像画的对象，据传她是拉斐尔的模特和情妇玛格丽塔·卢蒂。《一千零一夜》中，祖贝妲是国王山鲁亚尔的宠妃，她与自己的奴隶通奸。希腊神话中，阿里阿德涅跟忒修斯私奔到半途，在熟睡时被他抛弃，伤心欲绝时遇到了酒神巴克斯，与之结婚；俄耳甫斯试图从冥界带回死去的妻子欧律狄刻，但因在冥界边境回头张望而失败。——编者注

我是所罗门，你，巴尔基丝，
你从南方省来，要我猜谜。
他玛，我是你的兄弟暗嫩。
由于不能占有你，我失魂落魄。
拔示巴，我是大卫，我追随一只金鸽
直到我宫殿的最高平台。
我瞥见你一丝不挂准备入浴。
我使你的丈夫为我而丧生。
书拉密女，我为你歌唱的这些歌曲，
人们差点相信是圣歌。

福娜利娜，我就是在你怀抱中发出爱的呼唤的情人。

祖贝妲，我是您早上在通往广场的路上遇见的奴隶。我头上顶着一只空篮子跟着您，您叫我把篮子装满枸橼、柠檬、黄瓜、各种香料和甜品。我讨您喜欢。我说我很累，您就要我留在您的两个妹妹和三个王子的身旁守夜。于是，我们轮流讲述自己的故事。轮到我的时候，我说：祖贝妲，在遇上您以前，我这一生中没有故事，现在我又怎么会有故事呢？您不就是我整个的生命吗？——这个脚夫一边说，一边拼命地往嘴里塞水果。（记得我小时候，渴望弄到《一千零一夜》中提到的蜜饯。我后来尝到过，是用玫瑰汁渍的。还有一个朋友和我讲起用荔枝制成的蜜饯。）

阿里阿德涅，我是行踪不定的忒修斯，
我把你留给了巴克斯，
以便继续我的路程。

欧律狄刻，我的美人，我是俄耳甫斯
被人尾随，我感到厌恶，回首一瞥，
把你遗弃在地狱。

接着，莫普修斯吟咏了

不动产叙事曲

当河水开始上涨的时候，

有人逃到山上。

一些人想：淤泥将肥沃我们的田野；

另一些人思忖：这是灭顶的灾难。

还有些人什么话都不说。

当河水涨得更高的时候，

有些地方还能瞥见树梢，

有些地方望得见屋顶、

钟楼、高墙，以及远处的山岗；

有些地方是一望无际的汪洋。

有些农民把牲口赶上山岗，

另一些人用船送走他们的孩子，

有一些人带走他们的首饰、食物、契据和各种钱币。

也有空手不拿任何东西的人。

这些人乘船出逃，在海上漂流，

苏醒时，已到了完全陌生的地方

有些人在美洲醒来；

有些人在中国醒来，另一些人在秘鲁的海滨醒来，

还有一些人再也没有苏醒。

随后，轮到戈思孟歌唱

疾病轮舞曲

我只记录那曲子的尾声：

……我在杜姆亚特染上了热病，

在新加坡浑身长满紫白相间的疮疹，

在火地岛脱落了全部牙齿。

在刚果河上，一条鳄鱼吃掉了我一只脚。

我在印度染上了有气无力的病，

使我的皮肤绿得可爱，而且近乎透明；

我的眼睛肿得老大，一副多愁善感的神情。

我生活在一个光明的城市；那里每夜罪恶活动猖獗，可是离港口不远，漂浮的苦役船总是装不满。有一天早晨，我坐上其中一条苦役船出发。城市的总督把四十名苦力置于我的任意支配之下。我们航行了四个白天和三个夜晚，他们为我使尽了令人钦佩的力气。这种单调的劳役使他们沸腾的血气逐渐平静下来；他们对不停地划桨感到厌倦；他们变得更俊美，爱沉思，他们对往昔的回忆散失在这浩瀚无垠的大海上。我们在傍晚时分驶进了一座河道交错的城市，一座具有金子或灰烬颜色的城市。人们根据它呈现的颜色来称呼它。棕色，称之为阿姆斯特丹，金黄色，则称之为威尼斯。

IV

晚上——过于明亮耀眼的白昼已经消逝——黑夜尚不深沉，西米亚娜、狄第尔、梅纳克、拿塔纳埃勒、海伦娜、阿尔西特和其他几位友人聚集；在佛罗伦萨和菲耶索莱之间，菲耶索莱的山脚下。在薄伽丘的时代，潘菲洛和菲亚梅塔就曾在这些花园里歌唱。[1]

炎热的天气允许我们在平台上吃了一些甜品。随后我们下去，走上林荫小径。音乐声停止。我们徘徊在月桂树和橡树下。不久我们将在草地上，在被小丛绿橡树荫蔽下的泉水边躺下。我们将休息很久，以清洗白日带来的疲惫。

人们三五成群，我在其间转来转去，听到的无非是一些断续的议论，尽管大家谈的都是

[1] 潘菲洛和菲亚梅塔是薄伽丘的小说《菲亚梅塔的哀歌》的主人公，据说取材于薄伽丘和一位那不勒斯已婚少妇的爱情；也出现在《十日谈》中，两人因躲避黑死病瘟疫而居于菲耶索莱的山上。——编者注

爱情。

“各种快乐都是好的，但需要去尝试。”哀利法斯说。

“但也并非每一种快乐，每人都要去尝试，必须要加以选择。”狄第尔说。

稍远处，泰朗司在对费特尔和巴西尔讲述这样的故事：

“我曾爱过一个卡比尔人小姑娘，黝黑的皮肤，丰满的身体，还没有完全成熟。她在欢情最矫揉造作、最衰退的时刻，保持着一种令人困惑不解的严肃。她是我白天的烦恼，夜晚的快乐。”

西米亚娜则对易拉斯说：

“爱情是一种需要常吃的小果子。”

易拉斯唱道：

有那么一些小小的快乐，对我们来说，它

们犹如路边偷来的小果子。它们味酸，我们却希望它们甜一些。

我们在靠近那泉水的草地上坐下：

……有一会儿，一只夜鸟的歌唱，比他们的谈话更吸引我的注意力；当我重新开始谛听时，易拉斯正在讲述：

……我每一个感官都有自己的欲望。当我反躬自省时，我发现我的男女仆从都占了我的桌子。我不再有地方入座。上席已为干渴所盘踞。其他的干渴正在和它争夺这个佳座，一桌人都陷入了争吵；但是他们醉醺醺地一致反对我。他们把我从家中驱走，他们把我拖到屋外。于是，我重新出去为他们摘葡萄。

欲望！美好的欲望，我将给你们带回压碎的葡萄；我将重新斟满你们巨大的酒杯；但是让我回到自己的住所——但愿你们陶醉入睡时，我还能戴上饰有红绸和常春藤的花冠，遮去我额头上的忧愁。

我自己也进入了醉乡，我再也不能有效地谛听。有时，当鸟儿的歌声听不见时，黑夜仿佛变得沉默了，似乎只有我一人在欣赏着黑夜；有时，我好像听到四处有人声传出，和我们这一大伙人的话音交混在一起：

这些声音说：我们也是，我们也是，我们经历过自己灵魂的可悲的烦恼。

欲望不让我们平静地工作。

……今年夏天，我的一切欲望都曾感到饥渴。

它们好像穿越了沙漠，

但我拒绝给予饮料，

因为我十分清楚它们解过渴，因此得了病。

（有些葡萄被人遗忘，因而得以憩息；有些葡萄被蜜蜂前来吮食；有些葡萄上面好像停留着阳光。）

有种欲望每夜都来到我床头。
破晓时，我就在床头见到它。
它彻夜守在我身旁。
我来回踱步，一心想使它疲惫；
但结果只能劳累我的肉体。

现在，克莱奥达丽丝歌唱

我的各种欲望的轮舞曲

我不知道今晚我梦见了什么。
我苏醒时所有的欲望都感到焦渴。
在睡眠时它们好像穿越过沙漠。
在欲望和烦恼之间，
我们不安地左右摇摆。
欲望，你们真的不会疲倦吗？
噢，噢，噢，噢，这一丁点儿快乐正在消逝！——它很快就会成为过去！——
唉！唉！我知道怎么延长我的痛苦；但我

不知道如何驯服我的快乐。

在欲望和烦恼之间，我们不安地左右摇摆。

整个人类，在我看来犹如一个在床上辗转反侧，不能入睡的病人——他寻找憩息，但连睡意都捞不到。

我们的欲望已经历尽沧桑，
从来没有得到过满足。
又渴望憩息，又渴望快乐，
整个自然界苦恼不堪。

我们在空无一人的住所里，
发出忧伤的呼喊。
我们登上塔楼，
见到的只是黑夜。
我们是母狗，沿着干涸的陡岸，
因为痛苦而汪汪吠叫；

我们是牝狮，在奥雷斯山怒吼；我们是骆驼，吃盐湖的灰藻，吮空茎中的汁液；因为水在沙漠中极为稀少。

我们是燕子，穿越
浩瀚的无处觅食的海洋；
我们是蝗虫，为了糊口，不得不蹂躏一切。
我们是海藻，经受暴风雨的摇撼；
我们是片片雪花，随着狂风飞舞。

啊，为了得到永久的安息，我愿意健康地死去；说得更确切些，但愿我已衰竭的欲望不再转为新的欲望。欲望啊！我曾拖着你长途跋涉；我曾在田野上把你折磨；我曾使你在城市里酩酊大醉；我曾使你大醉而不解渴；——我曾让你沐浴在满月的夜色之中；我曾带你到处散步；我曾在海浪上把你轻轻摇荡，让你入睡……欲望！欲望！我将对你做什么？而你又在要求什么？难道你不会疲倦吗？

月亮在橡树的枝梢间出现了，像往常一样，显得孤零而幽美。现在，他们三五成群攀谈聊天，可我只听到零星的片段；每个人似乎都在对别人谈论爱情，却又不在乎别人是否倾听他的高谈阔论。

随后，谈话声稀落了。月亮消失在浓密的橡树叶丛之间。人们相互偎依，躺在叶丛中，不求甚解地听着那几个男女没完没了的喁喁交谈。过了一会儿，他们的说话声变得比较轻微，传到我们耳中时，已和流在苔藓上的溪水的潺潺声混合在一起了。

西米亚娜这时站了起来，用常春藤编好了一顶花冠。我闻到树枝裂开时散发的清香。海伦娜松开头发，让它一直披到连衣裙上。而拉歇尔走去采集一点潮湿的苔藓，用来湿润眼皮，为睡眠做准备。

月亮的光华消失了。我躺在地上，感到高度兴奋，一直陶醉到感觉悲哀。我不谈论爱情。

我等待着早晨来临，好去大路上漫游。我的头脑早已困倦得昏昏欲睡。我睡了几个小时；——随后在破晓时，我出发了。

第五书
LIVRE CINQIÈME

I

诺曼底多雨的土地，驯服的田野……

你说过：春天我们将在我熟悉的那些树枝底下互相占有，在那上有遮盖、下有青苔的地方，在白天的某个时刻；空气将仍然那样温和；去年在这儿啁啾过的小鸟也将前来歌唱。——但今年的春天姗姗来迟；过分凉快的空气带来了异样的欢乐。

夏天暖烘烘的，令人无精打采。——你期待着一个女人，她却不来践约。你说：至少今年秋天会补偿这些失算，会给我的烦恼带来安慰。我猜想她是不会来的——然而那些大树将会转成红色。我将在天气还比较和煦的日子里去坐在池畔。去年那里的枯叶纷纷坠落。我将在那里等待黄昏的逼近……另一些傍晚，我将走到丛林的边缘，残阳总在那一带憩息。但是今年的秋季多雨；霉烂的丛林，只染上了一点颜色；池塘的水都在外溢。你不可能去池畔就座。

*

今年，我不停地忙于农活。我参加了收割和耕作。我能眼看着秋天向前推移。那一个季节异常地温暖，淫雨霏霏。九月底，一场可怕的暴风不停地刮了十二个小时，吹干了那丛林一侧的树叶。另一侧没有经过风吹的树叶，随后不久都变成了金黄色。我的生活远离人群，因此这样的事在我看来很值一提。就其重要性来说，它不比其他任何事情逊色。

*

有一些日子，就会有另一些日子。有清晨就有夜晚。

有些早晨，我黎明前即起，头昏昏沉沉。——啊，秋天的阴霾的早晨！灵魂苏醒过来，好像没有经过憩息，十分疲惫，仿佛熬了一个十分灼人的夜晚，因此还想睡觉。它是在品尝着死亡的滋味。明天，我将离开这战栗的乡村、覆盖着薄霜的田野。如同狗在地穴中收藏充饥的面包和骨头一样，我知道，该到何处去寻找储存好的欢乐。我知道，在溪涧弯曲的地方，有那么一点儿和风；在矮树丛上面，矗立着一株还没有凋零的金色椴树；铁匠铺的小男孩会站在上学去的路上，对我微笑，给我抚摸；稍远处，大量的落叶散发出香味；有一个妇女，我可以向她微笑；在茅屋近旁，我可以亲吻她的幼儿；铁匠铺的叮当声，在这秋色之中能传播到远方……这就是一切吗？——唉，睡吧！这些太微不足道了。我已对希望感到厌倦了……

*

在拂晓前的朦胧中动身离去，令人厌恶。心灵和皮肉都在哆嗦，还有阵阵的眩晕。人们在看有什么东西可以带走。“梅纳克，你如此热衷于动身离去是为了什么呢？”——他回答说：死亡的预感。

不，离弃所有对我无关紧要的东西，并不意味着看到其他东西。唉，拿塔纳埃勒，我们还有多少东西可以摒弃啊！心灵从来都不够空虚，所以总是装不了足够的爱——爱、期待和希望，唯有这些才是我们真正的财富。

啊，在所有地方我们都能美满地生活！这些是幸福繁衍的所在。人们辛勤劳动的农庄，宝贵的田间农活，疲劳，睡眠中高度的恬静安宁……

我们离去吧！我们四海为家吧！……

II
驿车旅行

我扔掉城市的服装。这些服装使我不得不一本正经。

*

他在那儿，紧挨着我；从他的心脏跳动，我感觉到这是一个有生命的东西。这小小的身躯散发的热量使我感到发烫。他偎着我的肩膀入睡，我听得见他的鼻息。我想躲开他呼出的热气，可是我没有动，唯恐把他弄醒。我们在车厢里挤成一团，他那纤弱的头颅随着马车的颠簸而摆动。其他旅客也以睡眠来打发剩下的黑夜。

是的，我领略过爱情，这种爱情和其他多种爱情。难道对于这种爱情，我没有任何话可说吗？

是的，我领略过爱情。

*

我成了游荡者，是为了能够接触所有的游荡者：我对任何无处安身的人都怀着温情。我热爱所有的流浪者。

*

四年前，我记得，我曾在这旧地重游的小城里度过一个夜晚。像眼下一样，那季节也是秋天；那一天也不是星期日。炎热的时刻已经过去。

我记得像眼下一样，当时在路上散步，一直走到了城边的花园。这花园建造在一个俯瞰着市区的台坡上。

我沿着同一条路前进，这里的一切我都还认得。

我让我的步伐踏在过去的足迹上，我让我的感觉……有一条我昔日坐过的石凳——就在这里——我曾坐下看书。什么书？——哦，维吉尔。——那时我听见洗衣妇的捣杵声一阵阵传上来，现在我又听见了这声音。那时气氛恬静，跟今天一模一样。

孩子们从学校里纷纷出来，我回忆中也有这番情景。过往的行人也像昔日一样来来往往。当时是太阳落山；现在是夜幕降临，白日的歌声即将缄默……

这就是全部的景象。

“但是，这一切不足以成为一首诗……”安谢尔说。

“那就算了吧。”我回答说。

*

我们都经历过拂晓前匆忙的早起。

驿站的车夫在院子里套马。

一桶桶水冲洗着铺地的卵石。水泵咯咯地抽着水。

头脑昏昏沉沉，好像思虑过度没能睡好一样。我们要离开此地；小小的房间，我的头颅在这里高枕过一段时间，我在这里感觉过、思想过、熬过夜。——死吧！死在哪里都行。（既然死了，人们便不会再去任何地方生活。）活着的时候，我来过这里。

再见了，待过的房间！我从不希望在离别时黯然神伤。离别的时刻是美妙的。此时此刻还能占有**此物**总使我高度兴奋。

在**这扇**窗口，让我再俯身眺望片刻……离去的时刻就要来到。我希望立即享受这片刻……让我再窥视这已接近结束的黑夜，这无穷无尽的幸福的可能性。

美好的时刻，把曙光泉涌般倾注到蓝色的太空中去吧！

驿车待发。动身吧！让我刚才想到的这一切像我一样，都消失在这令人眩晕的逃遁之中……

森林中的通道。气温不同、散发各种香味的地带。温度最高的地方有着泥土的气息。温度最低的地方有溃烂的树叶的气味。我合上眼睛，又睁开：对了，那儿是一丛丛树叶，这儿是锄翻过的泥土……

斯特拉斯堡

噢，“发了狂的大教堂！”[1]——还有你那矗立半空中的塔楼！——我们从你塔楼的尖顶，如同从飞艇下摇晃的吊篮，看到屋顶上有一些乌鹳。

它们循规蹈矩，兢兢业业，
用细长的双腿慢悠悠地踱步，
——它们那双天足很难履步。

[1] 出自魏尔伦《不。这是法国教徒和冉森派教徒的世纪！》（“Non. Il fut gallican, ce siècle, et janséniste!”）的最后一行，该诗收录于《智慧集》（*Sagesse*，1880）。——编者注

旅 店

夜晚，我到谷仓尽头去睡觉；

马车夫赶来在草堆中找到我。

旅 店

……第三杯樱桃酒下肚，一股热血在我的脑子里打转；

第四杯酒下肚，我开始感到一点醉意，一切事物都在向我逼近，我能把它们一把抓住；

第五杯酒下肚，我所在的客厅，整个世界似乎都扩大了，我崇高的精神这时就能更自由地在其中回旋了；

第六杯酒下肚，感到疲乏，我就睡着了。

（我们感官上的一切快乐，像谎言一样，都不会十全十美。）

旅 店

我领教过旅店的醇酒，这种酒有一种紫罗兰的味道，并会使你尝到中午的酣睡。我领教过黄昏时刻的陶醉，整个大地这时仿佛都在你强有力的思想重压下摇摇晃晃。

拿塔纳埃勒，我来和你谈谈醉意。

拿塔纳埃勒，最简单的满足常常足以使我陶醉。因为在此以前，我的欲望已经多得使我陶醉了。所以我一路上寻找的，首先并不是旅店而是我的饥饿。

当你一大早就起身赶路，饥饿不再引起食欲而是产生一种眩晕时，这种空腹就会带来醉意。你赶路一直到夜晚，就会干渴得陶醉。最差的茶饭，那时对我来说也成了山珍海味。我满怀热情地来品味我的生命给予我的强烈感觉。那时我感官上的快乐，把接触我感官的每一事物似乎都变成了我可以触及的幸福。

我领略过悄悄地歪曲思想的醉意。我想起

有一天，思想的演绎会如同那望远镜的镜管；末了一节看似已经最精细了，随后却总是有一节更精细的管子出现。我想起有一天，思想会变得如此圆滑，真的只有听任它们自己滚动了。我想起有一天，思想会变得如此有弹性，每种思想都相继以其他思想的形式出现。有时，又出现两种平行的思想，仿佛要永远地平行伸展下去。

我也领略过这样的醉意：它使你觉得你自己比原来更好，更伟大，更可敬，更有道德，更富有，等等。

秋天

原野上，有广袤的土地。傍晚，土沟中有烟雾升起；劳累了的马放慢步伐。每一个黄昏都使我心醉神怡，仿佛我是首次闻到大地的气息。那时我爱独坐在林边的陡坡上。四周满是枯叶。我倾听耕作的歌声，我凝视残阳在原野的深处渐渐入睡。

湿润的季节，诺曼底多雨的土地……

散步——荆棘丛生的荒野，但并不崎岖——悬崖峭壁——森林——冰冻的小溪。在树荫下憩息，聊天——深褐色的蕨。

唉，草原，我们为什么在旅行中遇不上你？我们多么希望骑马穿越你。我们没这样想过吗？（整个草原都被森林围住了。）

傍晚的散步。

夜间的徘徊。——

散　步

……存在变成了我巨大的快乐。我真想尝

试一下各种生命形式。鱼类的生命形式和植物的生命形式。在各种感官的快乐中，我最羡慕触觉的快乐。

平原上有一棵孤独的树，秋天为雨水所包围；枯黄树叶，纷纷坠落；我想水会长期浇灌它的根部；深处的泥土都浸泡在水里。

在我这年纪，我喜欢赤脚走在湿润的泥土上，喜欢在水潭里踩过，领略烂泥的凉意或暖意。我知道自己为什么这样喜爱水，特别是喜爱湿润的东西，那是因为水在温度变化中，比空气更能迅捷地给我不同的感觉。我喜欢秋天湿润的微风和诺曼底多雨的土地。

拉洛克

大车拖回来了，满载着刚收割的香喷喷的庄稼。

谷仓里堆满了干草。

沉重的四轮车，迎着陡坡，压着车辙，摇摇晃晃地行驶着。有多少次大车把我从田间带回。我平躺在干草堆上，挤在打干草的壮小伙子中间！

唉！什么时候我能躺在麦秆上，等候黄昏的到来？……

暮色降临了，我们到达谷仓。——农舍的院子里还残留着最后几道斜阳。

III

农 场

农民！

农民！歌唱你的农场吧。

我愿在你的农场憩息片刻。——挨着你的谷仓，我要梦想夏天，那阵阵的干草芳香会勾引起我对夏天的回忆。

去拿你的钥匙吧，一扇一扇地为我打开每一扇大门……

第一扇是草料仓的大门……

唉！假如时间是忠诚的！……唉！我干吗不在草料仓旁边，在温暖的干草堆中歇息？……却出于一股热忱，去到处流浪，去征服干旱的沙漠！……我可以放心地倾听收割者的歌谣；我可以平静地、安心地看着收割完的庄稼，宝贵的粮食，沉甸甸地装在四轮车上运回——对我的欲望所提的问题，这些好像是可以脱口而出的回答。我不用再到平原上去寻找满足我欲望的东西：在这儿我就可以听任欲望得到满足。

有一阵欢笑——也有欢笑过去的时刻。

有一阵欢笑——接着，肯定也有回忆欢笑的时刻。

拿塔纳埃勒，是我，肯定是我，而不是旁人，注视过这些青草拂动——现在这些青草已经枯萎，散发着草香，像所有被刈割的东西……这些青草过去一片郁郁葱葱，生意盎然，后来转成金黄色，迎着晚风摇曳。——唉！我们为什么不回到那段时光，躺在草地边上……让莽莽的野草来陪伴我们相爱。

野禽在叶丛下面来往穿行；它们的每条小径都是一条林荫道；当我弯下身子，凑近地面观看那一片叶，一朵花时，我看见许多昆虫。

我会根据绿色的亮度和花卉的品种来判断泥土的湿度；这块草地上长着雏菊；但是我们最喜爱的，我们的爱情能加以利用的草地，却开满了白色的伞形花，有一些伞形花轻盈，另一些厚实，并明显地大很多。它们是高大的牛防风的花。到了傍晚，它们像发光的水母，自由地飘浮在显得更深邃的草原上；它们仿佛摆脱了梗茎，被上升的轻烟托起来。

*

第二扇是谷仓的大门。

成堆的谷物，我赞美你们。谷粒、黄澄澄的麦粒，这是等待使用的财富，无限珍贵的粮食。

让我们把面包吃个精光吧！谷仓，我拥有你们的钥匙。成堆的谷物，你们都在那里。在我的饥肠还没有填饱之前，你们都将被吞噬殆尽吗？田野的上空回旋着飞鸟，谷仓里出没着老鼠；所有的穷汉都围坐在我们桌边……到我的饥饿被解除时，谷粒还会有剩余吗？……

谷粒！我要把你们保存下一大把；我要把

你们撒在我肥沃的田里；我选好播种的季节。一粒谷变成一百粒，另一粒变成一千粒……

谷粒啊！我越是饥饿的地方，你们越是丰足。

出土的麦苗开始像一株幼小的青草，你们可知道，那弯垂的麦秆上将结出多么金黄的麦穗！

金黄的麦秆，金黄的芒刺和麦捆——而这原先是我撒下的一把麦粒……

*

第三扇是乳品工场的大门：

憩息！宁静。滴，滴，滴……栅架在不断地滤沥，干酪就在上面凝结，在金属的套筒中挤紧压实成了块状的东西；在七月的高温中，凝结的牛奶散发的香味，好像分外新鲜而寡淡……不，不是寡淡，而是一种非常不惹人注意的气味，你只有在鼻腔深处才能嗅到它：这与其说是香，不如说是味。

搅乳器干干净净。在白菜叶子上面，摊陈着许多小块黄油。农妇们的手红红的。窗户总是敞开着，但都蒙上铁纱窗，阻止猫和蝇的侵入。

大碗的牛奶，一行行地放着，色泽总是在加深转黄，直到奶油全部浮现才停止。乳酪在膨胀，出现了皱皮，随即就分离出了乳清。乳清和奶油彻底分离以后，奶油就被提取出来……（但是，拿塔纳埃勒，我不能告诉你这一切。我有一个务农的朋友，他讲述这些过程才娓娓动听呢。他给我解释每一件东西的用处，他告诉我，即使像乳清这样的东西，也不是无用的渣滓。）（在诺曼底，人们用乳清喂猪，但是，乳清似乎可以有更好的用途。）

*

第四扇门开向牛棚：

牛棚里暖和得令人难受，但是母牛的气味很好闻。唉，过去的时光为什么不重来？那时我和农家的孩子在一起，他们汗流浃背，气味却很好闻。我们在母牛的腿丛中跑来跑去；我们在草料架的角落里寻找鸡蛋；我们接连几个小时观看母牛，观看牛粪的坠落；我们经常打赌哪一头最先排粪。有一天我吓得逃走，因为我认定其中的一头立刻就要下崽。

*

第五扇是水果储藏室的大门：

在一个射入阳光的窗口跟前，累累的葡萄悬吊在细绳上；每一颗葡萄都在沉思，都在成熟，都在悄悄地吞食阳光；它们在制作芬芳的果糖。

生梨。成堆的苹果。水果，我啖食你们多汁的果肉！我把核扔在土地上，让它们萌芽！再给我们快乐。

精美的核果；奇妙的许诺；核仁；蕴藏着春天，酣睡中的春天。两个夏天之间的果实，为夏天所穿透的种子。

拿塔纳埃勒，我们随后要想到痛苦的萌芽期。

但是有一点更使我们惊叹：每一种繁殖都伴随着快乐。水果包含美味；任何生命的延续都伴有快感。

水果肉是爱情美味的佐证。

*

第六扇是酒坊的大门：

啊，现在我为什么不能在这凉棚底下，在这压榨声中，在这些被压榨过的酸涩苹果中间，躺在你身旁？啊，书拉密女，我们可以试试看：躺在湿润的苹果上，肉体的快乐是否会慢一点消失？是否会较为持久？在苹果上面——受到苹果香味的支撑……

石磨转动的声音在摇动我的回忆。

*

第七扇大门朝向蒸馏室：

室内半明半暗；炽热的炉火；黑漆漆的机器。那些铜盆锃亮。

蒸馏器，神秘的浓汁极其细微地聚集。（我也曾见过采集松脂，采集甜樱桃树胶，采集有韧性的无花果树胶，采集棕榈树汁。）扁扁的小玻璃瓶，在你里面浓缩着一股醉人的力量，像波涛一样在汹涌澎湃；浓缩的精华，集中了果子的美味和活力，集中了花朵的甜蜜和芬芳。

蒸馏器，噢！你的金色的水珠马上要渗漏下来。（它们有的比樱桃浓汁还有味，有的就像草原一样清香。）拿塔纳埃勒！这真是一种奇妙的景象；整个春天好像都浓缩在这里……

啊，让春天通过我的醉态，像在舞台上似的呈现出来吧！让我关在这间暗室里畅饮！我将不再觉察到这间暗室的存在。让杯中物使我的肉体——而这是为了解放我的精神——见到一切我希望见到的地方……

*

第八扇是车库的大门：

唉！打碎了我的金杯——我醒了。醉酒，永远只是幸福的一种替代品。马车！任何逃遁都是可能的。雪橇，冰天雪地，我把愿望都拴在你们身上。

拿塔纳埃勒，让我们走向事物。我们将逐步抵达一切。我的马鞍袋中有金子；我的衣箱内有裘皮，有了它，人们几乎会爱上严寒。车轮啊！谁会计算你们在奔跑中转动的次数？四轮马车，你们是轻便的房子，为了让我们得到延迟的欢乐，就让我们的幻想把你们卷走吧！犁刀啊！让耕牛在我们的田地上把你们拖曳！像野猪嘴一样去拱掘大地吧！犁铧不用，在库内就会生锈。所有工具都是这样……我们身上潜在的可能性，你们都闲置，等待着——等待着给套上一种欲望——去游历最美的国度……

让我们快速前进！让扬起的团团雪花追随我们！雪橇啊，我给你们套上我的一切愿望……

那最后的大门朝向原野开放。

……………………………………………………

第六书
LIVRE SIXIÈME

林叩斯[1]

生来为观看，奉命来瞭望。

——歌德《浮士德》第二部

[1] 希腊神话中的阿尔戈英雄之一，传说他视力超群，能在黑暗中看见东西。——编者注

上帝的戒律，你们曾使我的灵魂痛苦。

上帝的戒律，你们是十诫还是廿诫？

你们将把限制一直紧缩到什么地步？

根据你们的教导，是不是有越来越多的事物要受到禁止？

世上一切我可能认为美好的事物，渴望得到它们是否要遭到新的惩罚？

上帝的戒律，你们曾折磨了我的灵魂，

那些能使我止渴的水源，被你们砌起的高墙围住。

……可是现在，拿塔纳埃勒，对于人类那些棘手的过失，

我感到自己满怀着怜悯。

*

拿塔纳埃勒，我将告诉你，任何事物都是非凡地自然。

拿塔纳埃勒，我要和你谈论一切。

牧童啊，我要把一根没有金属的牧羊杖交到你手里，然后，我们将带领这些从未跟随过任何主人的羊羔，缓缓地走向一切地方。

牧人，我将把你的欲望引向世间一切美好的事物。

拿塔纳埃勒，我要使你的嘴唇上燃烧起新的干渴，随后，把一杯杯清凉饮料送到你的嘴边。我已经喝过，我知道什么地方的泉水能使你的嘴唇解渴。

拿塔纳埃勒，我将向你讲述泉水：

有些泉水从山岩间涌出来；
有些从我们见到的冰川下溢出来；
有些呈深蓝色，因而显得更加深邃。

（锡拉库萨的恰内[1]河水正是因此而显得美妙。）

蔚蓝的泉水；荫蔽的浅水塘；纸莎草丛间水花四溅；我们斜倚在小木船上；水底是蓝宝石般的砂砾，水中深青色的鱼在游动。

在宰格万[2]，从水仙洞[3]涌出的水，以前曾灌溉过迦太基的土地。

在沃克吕兹[4]，水从地下涌出，气势是那样澎湃，仿佛奔腾已久；这几乎已是一条河流，在地下能溯流而上；水流穿越洞窟，隐没在黑

[1] 希腊神话中，恰内（Cyané）是西西里岛的水宁芙，她居住的河流与湖泊以她的名字命名。——编者注

[2] 宰格万（Zaghouan），位于突尼斯北部，是一座建在山坡上的城市。山脚下仍留有古罗马皇帝哈德良于公元 122 年修建的渡槽遗迹，用于将水运往 90 公里外的迦太基。——编者注

[3] 水仙洞（Nymphée），又称宁芙神庙，希腊罗马时代的古迹，用于祭祀宁芙，尤其是水宁芙，最初使用天然洞窟，后来也有人工洞窟。——编者注

[4] 沃克吕兹（Vaucluse），法国最大的岩溶泉，其所在市镇及省份皆以此命名。在岩溶地形（又称喀斯特地形）中，地表水会渗入岩盐被溶蚀形成的洞穴，随后迅速地以喷泉的形式出露于地表。——编者注

暗之中。火炬的光亮一闪一闪；接着，有个地方一片漆黑，使你寻思：不，我绝不能再溯流而上了。

有些泉水含有铁质，给岩石蒙上了华丽的色彩。

有些泉水含有硫质，那碧绿的滚烫的水乍看起来似乎有毒；但是，拿塔纳埃勒，当你在泉水里洗浴时，皮肤会变得如此柔软，浴后你抚摸起来更有美妙之感。

有些泉水临近傍晚会起轻雾；夜里四处飘浮，黎明时渐渐消失。

有些源泉纤弱细微，衰竭在青苔与灯芯草丛间。

有些水源是洗衣妇洗濯的场所，也是磨坊转动的动力。

喷涌的泉水，不会枯竭的储存！源泉底下有着富足的水源；隐藏的蓄水池；无盖的水坛。坚硬的峻岩将会坍崩。山麓会覆盖起灌木丛；不毛之地将会欢欣鼓舞，而整个苦涩的沙漠将会盛开花朵。

从地下冒出的水超过我们解渴的需要。

水在不断地更新，空中的水珠重又落到地面。

倘使平原缺水，那就让它到山中去取，或者让地下水流到平原。格拉纳达奇异的水利灌溉——蓄水池，水仙洞——当然，水源处有着非凡的美；在泉水中沐浴，有着奇特的乐趣。水池！水池！我们出水时将一尘不染。

如同曙光中的太阳，
如同夜露中的月亮，
我们在你们湍急的清溪中，
洗濯自己疲惫的四肢。

泉源有着奇特的美；在地层中滤过的水，像水晶似的澄澈；啜饮时有奇异的快感。水色浅淡得如同空气，没有色泽，仿佛并不存在，也没有滋味；我们仅仅是由于水的清凉，才感觉到其存在。这似乎是水的藏匿的美德。拿塔纳埃勒，你明白我们为什么想饮这种水吗？

我最大的感官快乐，
是我的干渴得到解除。

拿塔纳埃勒，现在我来对你诵读

解我干渴的轮舞曲

因为满盈的杯子
比接吻更吸引我们的嘴唇；
斟满了的杯子，飞快地被一饮而尽。

我最大的感官快乐
是我的干渴得到解除……

*

有一些饮料，

用榨出的橙汁或柠檬汁制成，
清凉爽口，因为
酸味中还带着一点甜味。

我喝过的玻璃杯有的如此单薄，
甚至在牙齿未碰之前
嘴唇就会将其抿碎；
而饮料在里面显得分外甘醇，
因为几乎没有任何东西将饮料
和我们的嘴唇分隔。
我曾用有弹性的无脚杯喝酒，
把杯子捧在双手中挤压，
杯中物就会升到唇边。
我曾在烈日下跋涉了一天，
傍晚在旅店用粗糙的玻璃杯，
喝浓稠的果露；
有时，水池中的水异常清冽，
饮后使我更感到夜色的清凉。
我也喝过保存在羊皮囊中的水，

水中散发出涂过柏油的羊皮气味。

我几乎匍匐在溪边喝过水。
我真想在这些小溪中浮沉。
赤裸的双手在潺潺河水中一直浸到底，
看得见洁白的卵石在粼粼波动……
于是一阵清凉从肩部钻进我的躯体。

牧羊人用双手掬饮，
我教他们用麦管吸吮。
有些日子我在骄阳下奔走，
那是夏天最炎热的时刻，
为的是寻求强烈的口渴，
然后再来解渴。

我的朋友，你记得吗？在我们那次可怕的旅途中，有一天夜晚，我们睡下了又爬起来，浑身大汗，为的是喝那瓦罐中上了冻的水。

水池，妇女下去取水的隐蔽的水井。这是

从来不见天日的泉水，有阴影的滋味；也是通风良好的水源。

水出奇地透明；我希望水色湛蓝或是碧绿，以便给我更冰凉的感觉——而且还带有一点茴香味。

我最大的感官快乐，
是我的干渴得到解除。

不！天空中所有的星星，海洋中所有的珍珠，海滩边所有白色的飞鸟，这一切我都还没有清点。

我也没有提到树叶的低语，拂晓的微笑，夏日的欢笑。而现在，我还能说些什么呢？因为我的嘴沉默不语，你就以为我的心也憩息了吗？

噢，沐浴在蓝天下的田野！
噢，浸渍在蜜汁里的田野！

蜜蜂将飞返，负着沉甸甸的蜂蜡……

我见过阴暗的港口，黎明隐没在桅樯和风帆交织成的栅栏后面；清晨，在大海轮之间，小木船悄无声息地出航。人们低头弯腰，在绷紧的缆绳下通过。

夜间，我见到无数的大帆船起航，它们隐没在黑暗中，隐没在迎面而来的白昼中。

*

小路上的卵石没有珍珠那样明亮，没有水那样晶莹，然而它们也闪闪发光。它们在我走过的小路上，在树木下面缓缓地吸收着阳光。

还有那磷光现象，拿塔纳埃勒！磷是一种无限多孔的物质，精神可以穿透。你没有见过这个伊斯兰教城市的城墙吧？黄昏时呈火红色，夜间微微发光。坚厚的城墙，白昼，阳光倾泻在你们身上；中午，你们像金属一样白得耀眼（日光正在储存）；到了夜晚，你们似乎在低声地讲述阳光的故事。——城市啊，从那里，从那山丘上眺望，在黑夜的包围中，你仿佛通体透明！你就像那一盏盏象征虔诚心灵的镂空的大理石灯在闪耀。大理石灯充满光亮，灯壁多孔，四周有一圈乳白的光晕。

黑暗中大路上的白卵石，是光明的汇合点。傍晚时荒原上白茫茫的欧石南灌木丛，清真寺院中的大理石地砖，海礁洞中的簇簇花朵——海葵花……任何白色都是储存起来的光明。

我明白，判断一切存在物取决于它们吸收光的能力；有一些存在物善于在白昼迎接阳光，入夜后，在我看来就像是光的细胞群。——我见过正午在原野上奔腾的溪流。它流到稍远的地方，在坍崩的阴暗的岩石下面，让聚集的宝藏发射出金色的光芒。

但是，拿塔纳埃勒，我在这儿只想和你谈谈实物——绝对不谈

不可见的实体——因为

……正像那些奇妙的海藻，一旦离开海水，

立即变得黯淡无光……

同样地，等等。

——变幻莫测的无穷无尽的景色不断地向我们证明，可以由它们作为衬托的各种各样的幸福、忧郁，我们还没有全部领略过。我知道，在我童年的某些日子里，我还常常感到忧愁。在布列塔尼的荒原上，有时我的忧愁会突然离我而去，因为它觉得它已融合在景色之中——这样，我就能惬意地观赏面对着我的忧愁。

无穷无尽的更新。

他做了一件极其简单的事情，随后就说：

我知道这事从没有人做过，从没有人想过，从没有人说过。——顷刻间，一切在我看来都完美无瑕。（世界的全部历史都包含在这一刹那中。）

七月二十日，凌晨二时

“起身。人们最不应该让上帝等待。”我一边起身，一边这样叫嚷。不管你起得多么早，你总见到生命在川流不息；生命睡得较少，因而不像我们那样要人等候。

黎明，你曾是我们最亲切的快乐。
春天，是夏天的黎明！
黎明，是一日的春天！
当彩虹出现……
我们还没有起身……
……可是对月亮来说，
黎明从来就到得不够早，
或者换句话说，来得不够晚……

睡 眠

我领略过夏日晌午时分睡眠的滋味——正午的睡眠——大清早就开始劳动，精疲力竭的睡眠。

下午两点——孩子们躺下。令人窒息的静谧。可以演奏些音乐，但并没有这样做。印花布窗帘的气味。风信子花和郁金香花。内衣床单。

下午五点——醒来时汗流浃背；心怦怦直跳；打寒战；脑袋飘飘然；肉体无拘无束；多孔的肉体，似乎什么都能轻而易举地侵入。太阳西下；草地昏黄；日暮时眼睛睁开了。噢，傍晚时的思想汩汩流动！入夜时花朵舒展。用温水洗脸；出门去……一排排贴墙种植的果树；夕阳下围墙内的花园。公路；从牧场归来的牲口；无须再看日落——已经足够观赏。

归来。灯光下重新开始工作。

拿塔纳埃勒，关于睡眠，我将对你说什么呢？

我在麦秆堆上睡过；我在麦田的犁沟中睡过；我在阳光暴晒的草丛中睡过；夜晚，在堆放干草的仓房中睡过。我曾把我的吊床挂在树枝上；我曾在海浪的颠簸中睡过；在轮船的甲板上睡过；或是面对着粗笨的舷窗孔，在底舱的窄铺上睡过。在一些床铺上，妓女在期待我；在另一些床铺上，我曾等待过俊童。有一些床铺被褥柔软之极，和我的身体一同为爱情而起作用。我曾在军营的硬木板上睡过，在那里，睡眠好像是一种道德上的沦落。我也曾睡在奔驰的车厢里，那运动的感觉一刻都没离开过我。

拿塔纳埃勒，人们能做些奇妙的睡前准备；人们能奇妙地睡醒；但没有奇妙的睡眠，一旦我不再觉得梦是一种真实，我就对它失去了爱。因为最美的睡眠都抵不上

醒时的须臾片刻。

我习惯于面临敞开的窗户而睡，宛如直接睡在露天。在七月伏天的夜间，我赤身裸体在

月光下入睡；天一亮，喜鹊的叫声把我唤醒；我便全身泡在冷水中，并为能一早开始我的工作而得意。而汝拉山中，我的窗户凌驾在一个峡谷之上，白雪不久填满了这个峡谷；从我的床位，我看得见树林的边缘；乌鸦在那里飞；大清早，我在牧铃声中醒来；我的住屋附近，有一个泉源，牧童赶着牛前来这里饮水。这一切我都能清楚地忆起。

在布列塔尼的旅舍中，我喜欢接触那粗糙的散发洗涤剂香味的床单。在贝勒岛，水手们的歌声把我唤醒；我奔到窗前，看着一艘艘木船远航；随后我便向海边走去。

有那么一些精美绝伦的住所，但任何一所我都不愿久待。我怕那些大门紧闭，怕那些陷阱，那些幽禁思想的牢房。流浪的生活是牧人的生活。（——拿塔纳埃勒，我将把我的牧羊杖亲手交给你，现在轮到你看守我的羔羊了。我累了，现在你可以出发了。大地到处是敞开的，而那些永远吃不饱的羊群咩咩地叫个不停，在寻找新的牧草地。）

拿塔纳埃勒，有时一些奇异的住所使我流连忘返。有些房子坐落在树林里，有些濒临水域，有一些非常宽敞。但是，一旦我停止了对它们的观赏，一旦我不再觉得它们新奇——我已被窗外的事物吸引——一旦我要开始思索，我就抛弃了它们，扬长而去。

（拿塔纳埃勒，我无法向你解释这种强烈的喜新厌旧的欲望；我好像并不使任何东西失去新鲜感；但我的首次感觉是如此强烈，随后的重复都不能使这种感觉有所增强；我常回一些城市和地区旧地重游，但那是去体会日子或季节的变化；我在阿尔及尔生活期间，每天傍晚都在同一家摩尔人开的小咖啡馆打发时间，那是为了辨认出每个人从一个黄昏到另一个黄昏之间的难以察觉的变化，为了观察时间在如何缓慢地改变这一片小小的空间。）

在罗马，我住在苹丘附近，贴近马路的地方，窗口装着栅栏，如同监狱的铁窗。一些卖花女走来，从窗外向我兜售玫瑰花，空气中弥漫着玫瑰香味。在佛罗伦萨，不必离开座位，我就能瞥见泛滥的浑浊的阿尔诺河。在比斯克拉的平台上，月色皎洁，黑夜无限寂静，梅丽爱姆来了。她整个身子裹在一条撕开的白色大罩袍中。她笑着让罩袍坠落在玻璃门前。在卧室里，我已为她准备下甜品。在格拉纳达，在我房间的壁炉架上，陈放的不是烛台，而是两个西瓜。在塞维利亚，有西班牙式的内院，由一些灰白大理石铺成，充满树影和水的凉意；水流着，淌着，在院落中央的小池中潺潺作响。

一堵墙，厚得能挡北风，但墙上又多孔，南方的阳光可以射入；一座可以滚动的旅行房子，迎接着南国的种种爱情信息……拿塔纳埃勒，我们要有一个什么样的卧室呢？秀丽的景色所环抱的一席栖身地。

我还要和你谈谈窗户：在那不勒斯，傍晚，我在阳台上挨近穿着浅色连衣裙的女人，聊天和幻想；半开半合的帏幔把我们和舞会喧闹的人群隔开。交谈中有时使用了一种如此令人恼火的斯文腔调，结果有好一阵子大家都默不作声；接着，橙花的强烈香味从花园里升了上来，还有夏夜鸟儿的歌声；不久，连这些鸟儿的歌声也变得断断续续了；歌声停止时，听得见极其微弱的波涛的拍击声。

阳台；由紫藤花和玫瑰花组成的花篮；晚间的憩息；温暖。

（今晚一阵凄厉的风，紧贴着我的玻璃窗呜咽。我竭力使自己喜爱它远胜过其他一切。）

拿塔纳埃勒，我来和你谈谈城市：

我看见过入睡的伊兹密尔，宛如一个躺下的少女；那不勒斯，好像一个放荡的浴妇；宰格万，有如一个卡比尔羊倌，黎明来临，使他双颊泛红；而阿尔及尔，在阳光下因爱情而颤抖，在黑夜因爱情而如痴若狂。

在北方，我看见过在月光下入睡的村庄；屋墙交替地呈现蓝色或黄色；周围是原野；田野上四处散乱地放着大堆干草。我们来到荒凉的田间；返回时，村庄在熟睡。

走过一些城市，又有一些城市；人们有时想不通，它们怎么会建造在那里。——噢，东方的城市，南方的城市；平顶房屋的城市，白色的平台——疯疯癫癫的妇女夜间来到这里幻想。尽情享乐；爱的狂欢；而那广场上的路灯，你从邻近的小山上观看，犹如黑夜中的磷火。

东方的城市！灯火辉煌的节日；有一些街道，当地人称之为圣街。那里的咖啡馆挤满了妓女，刺耳的音乐使她们翩翩起舞。穿着白袍的阿拉伯人在那里进进出出，还有一些孩子——在我看来年纪实在太小——已在领略爱情。（在他们中间，有些人的嘴唇比孵化中的小鸟还热。）

北方的城市！火车站台，工厂，浓烟蔽日

的城市。纪念碑，面目变幻不定的高塔，耀武扬威的拱门。林荫大道上的马队，熙熙攘攘的人群。雨后发亮的沥青路面，林荫道上憔悴的栗树，女人总是在那里把你等待。有一些夜晚，何等温柔的夜晚，一声最轻微的呼唤都会使我无法支持。

十一点——打烊了，上铁门板时刺耳的声响。大都会。深夜，在杳无人迹的路上，我走过时一些老鼠飞快地窜回阴沟。透过地下室的气窗，看得见光着上半身的男人正在做面包。

——噢，咖啡馆！我们在那里一直荒唐到深夜。酒和言语所产生的陶醉最终战胜了瞌睡。咖啡馆！有的富丽堂皇，饰满绘画和镜子，你能见到的人，衣着都十分华美；其他的是一些小小的咖啡馆，里面演唱滑稽歌曲，那里的女人跳舞时都把裙子撩得很高。

在意大利，仲夏夜晚，有一些咖啡摊摆到广场上。那里有很好的柠檬冰激凌。在阿尔及利亚，有一家咖啡馆，里面有人抽印度的大麻叶。我在那里险遭杀害；一年以后，这家店被警察局封闭；因为里面尽是可疑人物。

再说说咖啡馆……噢，摩尔人的咖啡馆！——有时一个会说书的诗人冗长地讲述一个故事。有多少次夜晚，尽管不懂，我还是赶来听讲！……但在所有的咖啡馆中，我最喜欢的还是你：巴勃台尔小咖啡馆。你是宁静地消磨夜晚的场所。土砌的茅屋，在萨赫勒绿洲边缘，稍远一些，就开始是整片整片的沙漠了——在这家咖啡馆，我发现，白天越是累人，降临的夜晚越是平静。在我的近旁，传出单调的笛声，吹奏者如醉似迷。——于是我想念你，设拉子的小咖啡馆，哈菲兹所歌颂的咖啡馆；哈菲兹，你为爱情和司酒官的酒所陶醉，静静地坐在伸手可及玫瑰花的平台上，挨着已经入睡的司酒官，一边作诗，一边等待白日的到来。

（我愿生在这样一个时代。作为诗人，只要通过列举来讴歌各种事物便是了。我可以逐个地对各种事物表示我的爱慕，对它们的赞美便是对它们的解释，也便是它们存在的充足理由了。）

*

拿塔纳埃勒，我们还没有一起观看过叶子。叶子有各种曲线……

一簇簇树叶；绿色的窟窿，叶间的隙缝；最微弱的风使绿色的洞顶来回晃动；变化万千；旋涡般的运动；绿壁的裂痕；树枝有弹性的框架；圆弧形的摇摆；小薄片和蜂房状的空隙……

树枝的摇动参差不齐……细树枝的弹性不一，于是它们抗风的能力也不一样，风给它们的冲力也不一样……我们谈另一个题目吧……谈什么题目？既然没有什么结构组织，那就不需要选择……谈什么都可以吧！拿塔纳埃勒，谈什么都可以！

——通过所有感官的一种突发的、同时性的注意，一个人使（这实在难以表达）存在意识变为全面接触外部世界所获得的种种感觉……（反之亦然）我明白了，我占据了这样一个洞孔：

进入我耳朵的是：汩汩的水声；忽强忽弱的松涛声；蝈蝈断断续续的叫声，等等。

进入我眼帘的是：溪水上的粼粼波光；松林的摇曳……（瞧，一只松鼠）我的脚在动，苔藓给踩了一个窟窿，等等。

我的皮肉则有：湿涔涔的感觉；青苔柔软的感觉；（嗬！什么树枝刺痛了我？……）我的额头托在我手中的感觉；我的手支着我额头的感觉，等等。

进入我鼻孔的是：……（嘘！松鼠挨近了）等等。

一切诸如此类的东西都放在一个小包中；——这就是生命。——生命就是这些吗？——不！总还有一些别的东西。

你以为我就只是一个各种感觉的汇合点吗？——我的生命永远是：**这一些**，再加上我自己。——下一次我将跟你谈论我自己。今天我也不想对你吟诵

不同精神形式的轮舞曲

以及

挚友轮舞曲

以及

各种相遇的叙事曲

在这首叙事曲中有这样的词句：

在科莫，在莱科，葡萄熟了。我登上一座很大的山岗，山岗上的古堡已经坍塌。那里的葡萄散发出如此甜腻的气味，使我生厌；它像是一种直钻鼻孔深处的气味，可是吃了以后，却又不给我留下任何独特的新鲜感——但我是这样饥渴，几串葡萄已足以使我醉倒。

……但在这首叙事曲中，我主要谈一些男人和女人。如果我现在不告诉你全部歌词，那是因为，在这本书中，我不愿塑造人物。你注意到没有，在这本书中并没有任何人物。甚至我也只是一种幻象。拿塔纳埃勒，我是塔楼的看守人林叩斯。黑夜已经够长了。从塔楼的高处，曙光，我纵声向你高呼！曙光，我永远都不会嫌你太绚丽，太灿烂！

一直到黑夜的尽头，我都保持着对光明的憧憬；现在我还一无所获，但我抱有希望；我知道曙光将在何方出现。

无疑，全体人民在做准备；从塔楼的高处，我听到街上的阵阵喧嚣。光明将会诞生！欢乐的人民已经迎着太阳前进。

“你对这黑夜有什么看法，岗哨？你对这黑夜有什么看法？”

“我见到一代人在成长，也见到一代人在没落。我见到一代人在成长，充满着……充满着走向生活的欢乐。”

你从塔楼的高处看到了什么？塔楼看守者林叩斯，我的兄弟，你看到了什么？

唉，唉！让另一个先知去哭泣吧；夜来了，白天也来了。

他们的黑夜来了，我们的白天也来了。让爱睡觉的去睡觉吧，林叩斯。现在，从你的塔楼上下来吧。天亮了，快到平原上来吧。凑近一些去观看每一样事物吧。林叩斯，你来吧！过来吧。天已经亮了，我们相信天亮了。

第七书
LIVRE SEPTIÈME

阿敏塔斯的皮肤黝黑又如何？[1]

——维吉尔

[1] 《牧歌》（*Eclogae*）第 10 首第 38 行，其后一句为：地丁花是黑的，越橘也是黑的。后世对该诗行的著名引用，是文艺复兴时期的知识分子莱昂·巴蒂斯塔·阿尔贝蒂（Leon Battista Alberti, 1404—1472），他在自画像中身着古罗马服制，画旁刻有铭文："Quid tum?（又如何？）"一般认为，这是他因私生子身份受人攻击后的回应。——编者注

渡 海

一八九五年二月

从马赛港起航。

劲烈的海风；晴朗的天空。暖流提早到来；樯桅在摇晃。

辉煌的大海，飞起一抹抹白烟。浪涛驱赶着船只。压倒一切的印象是光辉灿烂。回忆起昔日所有的起航。

渡 海

有多少次，在泄了气的大海上，我等待黎明……

我见过黎明的来临，大海却并未因此显现平静。

太阳穴旁沁出了汗珠。虚弱不堪。听任摆布。

海上之夜

大海汹涌澎湃。甲板上海水成川。螺旋桨震得突突作响……

噢！焦虑不安的汗水！

枕头枕着我剧痛的脑袋……

今晚甲板上的月亮圆而晶莹——而我却不能在甲板上观赏。

——等待浪涛的袭来——巨量的海水骤然爆发，令人窒息。浪涛上升，下降——我软弱无能：我在这里算什么呢？——一个瓶塞，一个在波浪上漂浮的可怜的瓶塞。

听任波浪把我遗忘；弃绝一切，乐在其中；成为一个物件。

黑夜尽头

在凉意袭人的清晨，人们用吊桶提海水冲

洗甲板。——我从舱内听见硬刷子刷木板的声响。巨大的撞击声。——我想打开圆窗。一阵强烈的海风吹在额头和淌汗的鬓角上。我关上窗户……那狭窄的床铺，我又倒下。唉，上岸前的这种种可怕的颠簸！在白色舱房的板壁上，影子和反光在跃动。天地狭小。

我的眼睛已倦于观看……

我用一根麦管吸吮冰冻柠檬水。

随后我在新的土地上苏醒过来。我好像彻底得到了康复……见到了没有梦见过的事物。

阿尔及尔

整夜被波浪轻摇；
清晨在海滩苏醒。

高原上，小山前来憩息；

西方是落日消逝的地方；

海滩上，海水滚滚涌来；

黑夜是我们爱情沉睡的地方……

黑夜宛如巨大的港湾，将向我们靠近；

思想，光芒，忧郁的小鸟，

将躲避白日的光明来此安息；

在荆棘丛中，所有的阴影高枕无比……

还有那草原上静静的流水，那些长满绿色水草的泉源。

……然后，是远航归来。

海边风平浪静——船只驶抵港口。

在平息下来的水面上，我们将见到

安睡的迁徙的候鸟和系泊的船只——

傍晚来临，将向我们开放

它安静而友好的巨大泊锚地。

——万物安睡的时刻到来了。——

一八九五年三月

卜利达！萨赫勒的花朵！冬天你黯然而憔悴，春天你却显得娇媚。这是一个下雨的早晨；懒洋洋的天空，温和而又忧伤；你的树上正在开花，香味在你漫长的路径上飘荡。平静的水池里涌着喷泉；远处兵营中传来阵阵号声。

这儿是另一座花园，是较少有人游览的树林。白色的清真寺院在橄榄树下若隐若现——圣林！今天早上，我无比疲惫的思想和受爱情折磨而衰弱的肉体前来憩息。紫藤啊，由于我在去年冬天瞥见过你，我想象不出你披上烂漫的花装是何等的盛况。在摇曳的枝丛间，成串的花朵宛如倾斜的香炉，花瓣纷纷坠落在小径的金沙上。水声，水池边啪啪的声响；高大的橄榄树，白绣线菊，丁香簇，荆棘束，玫瑰丛；只身一人来到这里，回忆冬天，你会感到如此厌倦。唉！甚至春天也不会使你感到新奇；你甚至会希求更多的萧索凄凉，因为春光如此明

照片：卜利达的圣林及其中的白色清真寺
Bois sacré à Blida, 1934

媚，好像在吸引人群，嘲笑孤独者。唉！千百种欲望被诱发出来，成了这冷落小径上殷勤的仆从。尽管在这极为平静的水池中有水声，四周却一片寂静。

*

我知道那泉源在哪里，
我将去那里洗濯我的眼皮；
我知道那神圣的树林在哪里，
我认识那条通向林间空地的小路，
我熟悉那里的树叶，那里的凉爽。
晚上，当万籁俱寂，
习习凉风给我们带来睡意
而不是爱的欲望的时候，我就会前去。
清冽的源泉哟！整个黑夜将沉浸于其中。
冰冷的水啊！战栗的白色晨曦将在水中隐现。
纯洁的源泉，可不是吗？
当我前去洗濯我灼热的眼皮时，

曙光一出现，我就会在水中重品它的滋味。
这滋味我已经尝过，那时我还感到惊奇：
水中竟会出现光芒和物像？……

给拿塔纳埃勒的信

拿塔纳埃勒，你想象不出酣饮日光的后果是什么；持久灼热又会带来什么样的肉体陶醉……一根橄榄枝横在半空，天空覆盖着山岗；咖啡馆门外笛声悠扬……阿尔及尔显得这样炎热，这样充满节日的欢乐，使我不得不考虑离开它三日。我去了卜利达，但在那里，我发现橙花怒放……

天一亮，我就出门去散步；我并不注视任何东西，但我看得见一切。在我内心孕育和组成的那一首美妙的交响乐并非来自听觉，而是来自感觉。时间过去，我的激动也缓和了。我选择一个爱恋的对象，人或物，但我要求这人

照片：卜利达的阿拉伯集市
Arab market, Blidah, Algeria, 1899

或这物处于运动之中，因为我的感情一经固定，就失去了生命。于是在每一新的瞬间，我都感受到还没有见过，或品味过的东西。我一味胡乱地追求，对象在不断地飞遁。昨天我快步登上那俯瞰着卜利达的山顶，想良久地观赏太阳，观赏夕阳西沉，观赏彩霞把洁白的平台染得通红，却突然发觉树底下阴凉寂静；我在月光里徘徊，常有在水中游泳的感觉，因为明亮温暖的空气裹着我，把我软绵绵地托举起来。

……我相信我遵循的道路是我自己的道路，我相信我的道路是对的。我继续保持坚强的信心，这种信心要是经过宣誓，可以称之为信仰。

比斯克拉

女人们守在门口；她们的背后有一段笔直的楼梯。她们坐在门口，一本正经，脸上涂得像神像，头戴一顶插有钱币的冠冕。一到天黑，这条街就热闹起来。楼梯上面点着一盏灯；每个女人都坐在由楼梯构成的光龛里；她们的脸背光，头上的金冠闪闪发亮；每个女人仿佛都在等我，专门在等我；你要上楼，得在她的冠冕上插一枚小金币；你经过时，妓女随手熄了灯；我们走进她窄小的房间里；我们用小杯喝咖啡；接着，我们就在低矮的长沙发上躺下来。

比斯克拉的花园

阿特曼，你给我写道："在等待着你的那棵棕榈树下，我在看管羊群。你快回来吧！春天行将回到枝梢丛中：我们可以在一起散步，我们将排除一切心思杂念……"

"阿特曼，你这牧羊人，你不用去棕榈树下等我，你不用再去瞧那春天是否会到来。我已经来了；枝头已经报春；我们正在散步；我们已不再有任何心思杂念。"

比斯克拉的花园

今天天气阴霾，弥漫着含羞草的香味。湿润的暖意。大而重的水珠，漂浮着，似乎在空中形成……它们落在树叶上，压低了叶子，随即蓦地滴下来。

……我回忆起一场夏雨——难道这还算雨吗？——温热的雨滴落下来，又大又重，打在这暗绿和浅红光线交相辉映、栽着棕榈树的花园里。雨滴如此沉重，打得枝叶、花朵纷纷坠落。潺潺的流水带走花粉，去远方繁殖。溪水浑浊泛黄。水池中的鱼晕厥过去。你能听见水面上鲤鱼翕动嘴的声音。

下雨前，晌午时刻，呼啸作响的热风把一股炙人的热浪深埋到土壤里；现在，树下的小径上热气腾腾；含羞花低头弯腰，仿佛要遮掩长凳上纵情欢乐的人们。——这里是一个极乐园；男人们穿着毛织的衣服，女人们裹着有条纹的白罩袍，等待着雨水的滋润。下雨了，他们仍像先前一样，坐在长凳上，只是哑口无声，各自倾听着骤雨的哗哗声，让雨水——这仲夏的过客——增加衣衫的重量，洗濯袒露的肉体。——空气如此潮润，树叶如此浓密，我坐在这条长凳上，靠近他们，也就失去了抵御爱情的力量。——雨过天晴，唯独树枝还在滴沥着水珠，这时人们脱下皮鞋或凉鞋，赤脚踩着湿润的泥土。这种泥土的柔软，也使人充满了快感。

*

两个穿白毛衣的孩子领着我，走进一个无人散步的花园。狭长的花园，一扇门开在深处。树木更高大；天幕显得较低，好像挂在树上。——围墙。整座村庄大雨滂沱。——那边是群山；溪涧在形成；树木的食粮；庄严而动荡的授粉；流转的芳香。

不见天日的溪流；水渠（鲜花和树叶夹杂

其间）——当地人称为“塞吉亚”。这是因为渠道中的水流得很慢。

加夫萨的水池具有危险的魅力——Nocet cantantibus umbra[1]——现在夜空无云，显得深邃，几乎没有雾。

（那个俊美的孩子，一身阿拉伯人的装束，名叫“阿祖斯”，意思是“惹人喜爱”。另一个叫“瓦尔迪”，意思是“在玫瑰季节出生”。）

——溪水像空气一样温暖，

我们在溪水中湿润嘴唇……

一泓黑油油的水，在银色的月光泻下之前很难看出，它好像是从叶丛间流出来的。野兽常在这里出没。

[1] 拉丁文：阴影对歌唱家有害。

比斯克拉——清晨

天一亮，就外出——向前跑——完全新鲜的空气。

一支夹竹桃的枝条在战栗的清晨中摇曳。

比斯克拉——傍晚

鸟儿在树上歌唱，清脆地歌唱。啊！鸟儿能唱得这么响亮，这超出了我的想象。甚至树木好像也在叫喊——用它们的全部树叶呐喊——因为在树上见不到鸟儿。我心里想：它们这样叫，会叫死的；这样的情爱太强烈了；今晚它们究竟是怎么啦？难道它们一点都不知道，黑夜过去，新的黎明马上就会再现？它们害怕长眠不醒吗？它们想在一个夜晚让爱情把它们的精力消耗殆尽吗？它们迎来的，似乎将是一个漫无止境的黑夜。春末的夜晚是短暂的！——啊！

鸟儿会在夏日的黎明中醒来，喜气洋洋！它们是这样快乐，如果它们还记起睡眠，那也仅仅是因为在下一夜，它们不必害怕在睡眠中死去。

比斯克拉——黑夜

灌木丛静悄悄的；但是周围的沙漠颤动着蝈蝈儿求爱的歌声。

舍特马

白昼延长了——躺了下来。无花果树的叶子又变大了；揉弄这些叶子，会沾一手香气；根茎折断了，流出牛奶般的浆汁。

炎热再起——啊！我的羊群来了；我听见我所钟爱的牧童的笛声。他会过来吗？还是我走到他跟前去？

时间缓慢地流动——一个去年的石榴挂在树枝上风干了，果皮又坚又硬，完全裂开了；同一枝条上，新的花蕾已经隆起。野鸽在棕榈树间窜进窜出。蜜蜂在草地上忙忙碌碌。

（我记得昂菲达维尔附近有一口井，美丽的妇人常下到井旁；不远的地方有一块灰色和浅红色相间的岩石；据说，岩顶经常有蜜蜂出没；是的，成千上万的蜜蜂在那儿嗡嗡飞舞；它们的蜂房建造在岩缝中。夏天来了，蜂房因为炎热胀开，留不住的蜂蜜就沿着岩缝淌下来。昂菲达维尔的居民就赶来收集蜂蜜。）——来吧，牧羊人！——（我嚼着一片无花果树的叶子。）

夏天！金黄色的阳光无边无际；这强化了的光辉灿烂夺目；爱情的大泛滥！谁想来品尝蜂蜜？蜡质的蜂房已经融化。

那一天我见到的最美的东西，就是一群被引回畜棚的绵羊，它们急促的小蹄传出疾风骤雨般的嗒嗒声；太阳在沙漠上沉落；绵羊蹄下尘土飞扬。

*

绿洲！宛如小岛，浮在沙漠上；远处，绿色的棕榈叶暗示着水源，棕榈树根正在开怀痛饮；有时水量充沛，导致一些夹竹桃弯垂在水面。——我们在那天十时左右到达绿洲。我先是拒绝再往前走；园中的鲜花是如此娇艳妩媚，我不愿意再离开。——噢！绿洲！（艾哈迈德对我说，下一处绿洲远比这处美。）

绿洲，下一处绿洲远比这处美，有更多的花，有更响的飒飒声。有更高大的树斜垂在更广阔的水面上。中午时分，我们下水沐浴——随后我们又要离开这个绿洲。

绿洲，我对下一个绿洲还能说些什么？它将更加美丽。我们就在那里等待夜晚的到来。

园林啊！我倒要说说，在园林里，黄昏前

风雨平息的时刻是多么恬静舒适。在有些园林里，我们好像用水洗了身体；有一些园林宛如单调的果园，园中的杏子正在成熟；其他一些园林充满花朵和蜜蜂；飘溢的花香是这样浓烈，几乎可以代替食品，并像利口酒一样使我们沉醉。

第二天，我就只爱沙漠了。

乌马什

这个绿洲存在于岩石和沙砾之间，我们在晌午到达那里。骄阳似火，甚至那衰败的村落也不像在等待我们。棕榈树笔直地立着。老人躲在门洞里聊天；男人半睁着眼打盹儿；小孩在学校里吵闹；说到女人，我们没看见一个。

这条泥土铺成的乡村小路，在阳光下呈淡红色，在黄昏时呈紫色；村落中午时杳无人迹，一到傍晚就热闹起来；咖啡店开始满座了，孩子们走出了学校，老人们继续在门旁闲聊，这时女人们登上平台，掀去面罩，宛如鲜花朵朵。她们会久久地倾诉各自的烦恼。

晌午时分，阿尔及尔的这条街道充塞着苦艾酒和茴香酒的气味。在比斯克拉的摩尔人咖啡馆里，人们只喝咖啡、柠檬汽水或茶。阿拉伯茶；带有胡椒味的甘甜；姜的滋味；这饮料使人想起一个更无节制、更为极端的东方，无法喝到杯底。

在图古尔特广场，有一些香料商人。我们向他们购买不同种类的树脂。一些是供鼻子闻的，一些是咀嚼用的，另一些是供焚烧用的。那些供焚烧用的树脂经常压成糖丸的形式；点燃后，散发出呛人的浓烟，夹杂着一种沁人心脾的香味；这种烟有助于引起我们的宗教冥想，因此，在清真寺的仪式中，点的都是这种树脂。那些咀嚼用的树脂会使口中立即布满苦味，并且把牙齿粘得难受；而那些供人嗅的树脂，则仅用来给人闻闻罢了。

在特马西宁[1]，伊斯兰教隐士的家中，餐后，主人给我们端上香喷喷的糕饼。灰色或玫瑰色的糕饼饰着金色的叶子，仿佛是用面包的碎末捏合的，入口即化，自有一番风味。一些糕饼有玫瑰香味，另一些有石榴香味，还有一些则完全变了味。——在这里用餐，除了借助于抽烟，你无法得到醉意。菜肴的数量多得令人心烦。而每端上一道菜，话题就跟着变一次。——随后，一个黑人端一把水壶，拿含香料的水给你洗手，下面摆了一个盆子接水。在那里，女人和你欢情以后，也是这样替你洗濯的。

[1] 欧麦尔・伊德里斯堡的旧称。

照片：特马西宁及棕榈园的全景
Panorama de Témassine et sa palmeraie, Algérie, 1929

图古尔特

阿拉伯人在广场上搭起帐篷，点起篝火；在迟暮中难以察觉到缕缕青烟。

——沙漠中的旅队！清晨走、黄昏到的旅队，疲惫已极的旅队，你们曾为海市蜃楼陶醉，现在却感到沮丧！旅队，为什么我不能跟你们一起出发！

有一些旅队动身去东方，寻求檀香、珍珠、巴格达的蜂蜜糕、象牙、精美的刺绣品。

有一些旅队出发去南方，寻求琥珀、麝香、金粉和鸵鸟的羽毛。

有一些旅队奔向西方，黄昏出发，随后消失在炫目的夕阳之中。

我看到过旅队归来时精疲力竭的情景；有一些骆驼跪倒在广场上；人们卸下它们的重荷。这是一些用厚帆布缝制的大包，你猜不出里面装着些什么。另一些骆驼驮运妇女，她们坐在骆轿中并不露面。还有一些骆驼驮运帐篷等物件。入夜就把帐篷支起——啊！在浩瀚的沙漠中，这奇妙的、无穷无尽的疲劳！——广场上已点起了篝火，旅队即将晚餐。

啊！有多少次，我黎明即起，面向紫红色的东方，那是比光轮还灿烂的东方。有多少次，在绿洲边缘，那里最后的几株棕榈已经萎黄，生命不再能战胜沙漠——我曾把我的欲望交给你，肉眼所不能忍受的、过分明亮的光。啊！浸透着光和酷热的辽阔平原，有多少次我想拥抱你……还有怎样令人激奋的喜悦，怎样强烈而炽热的爱能征服这灼热的沙漠呢？

荒漠的地带，冷酷无情的地带，却又是培养激情和虔诚的地方，是先知们向往的地方。——啊！充满痛苦的沙漠，充满天福的沙漠，我曾热烈地爱过你。

在那充满海市蜃楼的北非盐湖上，我看见那表面的白色盐层好像是一片汪洋。——蔚蓝的天空映在湖上，青色的盐湖仿佛是大海，这景象我懂。——但是为什么，更远的地方，有崩坍的页岩峭壁？为什么会有浮动的船只？为什么又出现这些宫殿？一切都变了形，好像悬浮在这片想象中的深水之上。（盐湖岸边的气味令人作呕，这是一种可怕的泥灰岩，夹杂着盐分而又灼热滚烫。）

我见到过，在朝阳的斜光下，艾哈迈尔·哈杜山脉变成了玫瑰色，犹如一种烧红的物质。

我见过大风从天边卷起黄沙，使绿洲气喘吁吁的情形。绿洲看来只是一艘被风暴刮得翻肠倒肚、心惊胆战的海船；在那小村落的街上，瘦骨嶙峋、赤身裸体的人们，因热病而过度干渴，痛苦得直不起身来。

我见过荒凉的道路边，晒白的骆驼枯骨。那些骆驼被旅队抛弃，因为它们太累了，再也走不动了。它们先是腐烂，然后叮满苍蝇，发出刺鼻的臭气。

我见过一些夜晚，除了昆虫尖厉的悲鸣，没有任何其他歌声。

——我愿意再谈一下荒漠：

生长细茎针茅的荒漠，充满了游蛇：这是迎风波动的绿色的平原。

碛砾石的荒漠，不毛之地。油页岩在闪光，虎岬虫在飞舞，灯心草枯萎了。烈日下的一切都在噼啪作响。

粘土质的荒漠，能让一切生存，只要有一条小河流。一下雨，一切都变成葱绿；尽管这块过分干旱的土地，似乎忘记了什么叫作微笑，但这儿的青草好像比别处的更嫩更香。它们更急于开花和散发香气，唯恐在结籽以前被太阳晒焦；它们的爱情是短促的。太阳又回来了；

大地龟裂了，风化了，水从四面八方逃走；土地皴得厉害；下大雨时全部雨水都流到山沟里；土地受到嘲弄，无力把水留住，绝望地处于干旱之中。

沙漠——沙砾的运动有如大海上的波浪；沙丘在不断地移动；彼此相隔很远的各种形状的金字塔，指点着旅队前进；登上一座金字塔的尖顶，你可见到地平线尽头另一座金字塔的尖顶。

刮风的时候，旅队停止前进；赶骆驼的人躲在骆驼身旁避风。

沙漠——这里没有生命的踪迹，只有风和热的搏动。天空阴暗时，沙漠显得柔软细腻；黄昏时像火焰在燃烧，清晨又似灰烬。沙丘之间是洁白的峡谷；我们骑马通过那里；我们一过，脚印就给沙子填平了；由于疲劳，每遇到一个沙丘，大家总会觉得无法越过。

沙漠，我会极其热烈地爱上你。啊，让你最细微的尘埃，也来说明宇宙间的一个完整体系吧！——尘埃啊，你记得起怎样的生活？你是从怎样的爱中分裂出来的？——尘埃要求人们歌颂它。

我的灵魂，你在沙砾上看见了什么？

一些白骨——一些空贝壳……

有一天早晨，我们到达一个沙丘附近；沙丘相当高，可以遮挡骄阳。我们坐下。阴处比较凉爽，一簇簇灯心草悄悄地在那儿生长。

对于黑夜，我又能说些什么呢？

这是一次缓慢的航行。

波浪不及流沙那样湛蓝。

流沙原来比天空还明亮。

——我经历过这样的夜晚，一颗又一颗星星都显得出奇的美。

*

扫罗，你在沙漠中寻找母驴——虽没找到

它——却找到了你不想寻求的王位。[1]

长一身虱子也有它的快乐。

生活对于我们曾经是

残忍的、忽起忽落的滋味

我愿此间的幸福，
一如点缀死亡的花朵。

---

[1] 见《撒母耳记上》。

第八书
LIVRE HUITIÈME

我们的动作伴随着我们，
就像磷光从属于磷一样；
不错，它们构成了我们的光辉，
但使我们受到了耗损。

我的思想啊，在你神奇的漫步中，你曾经极度兴奋！

噢，我的心灵！我曾经让你开怀畅饮。

我的肉体啊，我曾经以爱使你陶醉。

现在休息了，我徒劳地竭力清点我的财产。我一无所有。

有时，我想搜寻出一组回忆来给自己编写一部历史。但是我对这并不在行，我的生活回忆又多得不计其数。我每时每刻都好像是生活在新的时期。人们所谓的“冥思苦想”，于我是一种力所不及的事情；我也不再理解“孤独”这个字眼；对我来说，独自一人就是空无一人；我即众人。——再说，我的欲望永远使我在家待不住。最美好的回忆，在我看来只像是幸福覆没后的一块漂流物。最小的水滴，哪怕是一滴泪水，一旦湿润我的手，对我来说，就成为一种更为珍贵的现实。

我想念你，梅纳克！

说吧！你那为浪花所玷污的船只将驶向哪些大海？

梅纳克，现在你不想再来了吗？你不想以你满载的、多得令人不安的财富来重新激发我的欲望吗？如果说现在我休息了，我也并不是在你的财富上面休息……不，你曾教我永不歇息。——难道对于这种可怕的浪迹生活，你还没有厌倦吗？至于我，我有时发出痛苦的哀号，但这绝不是由于疲惫；我在疲惫时，抱怨的是自己软弱；我的意愿是更加勇敢些。——无疑，要说我今天还有什么遗憾，啊，滋养我们的爱之神，那就是没有尝一尝你赠予我的许多果子，却听任这些果子腐烂，让它们远远离开了我。——因为，人家告诉我，福音书里这样说过：今日失去的东西，他日会百倍地获得……[1] 唉，我要那些超出我欲望的财富又有什么用呢？我领略的欢乐已是如此强烈，再多一点我也消受不了。

[1] 《马可福音》第10章第29—30节。

远处有人说我在苦行赎罪——
但忏悔对我有什么用呢？

——萨迪[1]

一点不错！我的青春黯淡无光；
我对此悔恨莫及。
我不曾品味过陆地上的盐，
也没有尝过大海中的盐。
我曾以为自己就是陆地上的盐，
我曾经害怕失去自己的咸味。

海盐丝毫不会丧失它的咸味，而是我已经衰老的嘴不能品尝。唉！我的灵魂渴望海洋空气的时候，我干吗不去呼吸一下？而到现在，又有什么样的酒能使我酩酊大醉呢？

噢，拿塔纳埃勒，尽情享受吧！当你的心

[1] 萨迪（Saadi，1184—1291），波斯大诗人，有名篇《蔷薇园》传世。本书的构思在某些地方深受《蔷薇园》的影响。

灵还能对快乐露出微笑。满足你爱的欲望吧，当你的嘴唇在接吻时还能给人以美感，当你的拥抱还能带来快乐。因为你将来会这样想，会这样说：果实挂在那儿，压得树枝弯曲、疲惫；我的嘴唇在那儿，充满着渴望，但我始终抿紧；我的手因为合掌礼拜，不能伸展，因此我的灵魂和肉体绝望地处在干渴之中。这时，先前的干渴已令人绝望地消逝了。

（书拉密女？是真的吗，是真的吗？——
你等待过我，而我竟然毫不知情！
你寻找过我，而我竟然不曾听见你走进来。）

噢，青春！青春只能存在一时，其余的时间，人们只能追忆它。

（快乐敲我的房门，激起了我心中的爱欲。我跪着祈祷，却不去开门。）

流水无疑还能灌溉许多田野，许多嘴唇还能靠它解渴。但流水能让我领略到什么呢？——除了会消失的清凉之外，它还能给我什么呢？

清凉一消失就变成了炽热。——我的快乐的表象啊，你们会像流水一样消逝。但愿水在这儿更新，是为了换取一种持久的清凉。

江河之水永远清凉，溪流的奔涌源源不断，你们可不是不久前我用来浸洗双手的容器里的水。那水用后就倒掉了，因为不再清凉。容器里的水，你如同人类的智慧。人类的智慧，你们没有江河之水那种无穷无尽的清凉。

失眠

期待，期待；焦灼万分；青春的时刻一去不复返……对一切所谓“罪恶”的热烈的渴望。

一条狗对着月亮凄然地吠叫。

一只猫像一个号啕大哭的婴孩。

城市终于即将尝到一点恬静。到第二天，它的一切希望都会得到更新。

我记起那些流逝的时刻；我赤脚踩在地砖上，前额抵在阳台的涔湿的铁栏上；在月光下，我的皮肤闪出光泽，犹如等待采摘的美果。期待！你曾使我们干枯、憔悴……过于成熟的果子！只有当我们的干渴变得十分可怕的时刻，只有当我们再也忍受不住这烧灼般的口渴时，我们才咬你们几口。腐烂的果子！你们给了我们满嘴腐味，深深地骚扰我们的灵魂。——无花果啊，一个人该有多么幸福，如果在还年轻的时候，就毫不迟疑地吃了你们还是酸味的果肉，啜吸了你们馥郁可口的浆汁……然后精力饱满地奔驰在大路上，完成艰难的历程。

（无疑我已做了力所能及的事情，以阻止我的灵魂受到残酷的损耗；但我只有通过损耗感官来分散灵魂对上帝的注意；灵魂日以继夜地思念上帝，想方设法克服困难，祷告上帝；它的热忱耗损着自身。）

今天清早，我是从哪一座坟墓中逃遁出来的？——（海鸟在沐浴，在伸展翅膀。）噢，拿塔纳埃勒，生命的形象对于我就是一枚美味的果实，放在充满欲望的嘴唇边上。

有一些无法成眠的夜晚。

有时在床上长久地期待——常常不知道自己在期待什么——四肢疲软，仿佛因欢爱而乏力。我徒然地寻求睡意。有时，在肉体的欢乐之外，我好像在寻求一种更隐蔽的欢乐。

……我的干渴随着我的痛饮在时刻加剧。干渴最终变得如此强烈，几乎使我哭了起来。

……我的感官已耗损得透空了，因此在清晨入城时，天空的蓝色竟然进入我的躯体。

……牙齿由于撕裂了嘴唇而剧痛——齿尖好像已经彻底磨损。太阳穴好像因内部的吸吮而深陷下去。——圆葱在田野开花时的气息，差一点使我呕吐。

……我们在夜间听到一种哭喊的声音：噢！这个声音哭泣着说，那些臭花已结下了果子，一个甜果。从今以后，我将带着我的欲望所引起的难以名状的烦恼去漫游。你那些隐蔽的房间令我窒息，你那些床也不再使我满足。——今后你不要再为你无穷尽的漫游寻找任何目的……

——我们的干渴变得如此强烈，这样的水，我整杯地喝下去以后，唉！才发现它多么叫人恶心。

……噢，书拉密女！对于我，你如同在紧闭的小果园树荫下成熟的果子。

啊！我这样想，全人类在渴望安睡和渴望欢乐这两者之间疲于奔命。——经过惊人的紧张，灼人的专注和接踵而来的萎靡之后，人们就一个劲地嗜睡。——唉！睡眠！——唉，除非我欲望的新冲动又来唤醒我走向生活。——

而整个人类骚动不已，只是像一个为了减轻疼痛而在床上辗转反侧的病人。——

……随后，经过几周痛苦，是永久的安息。

……仿佛人死去能穿走什么衣服似的！（这是一种简化。）我们死去——就像人脱光衣服睡觉一样。

梅纳克，梅纳克，我想念你！

是的，我说过，我知道：这里或是那里对我都无关紧要。我们同样会悠游自在。

……在那边，夜幕正在降临……

……啊，倘使时光能再来！倘使往昔能倒转！拿塔纳埃勒，那我真想带你一起重过我青年时期的爱情生活，那时的生活像蜜糖似的淌过我的心头。——享受过这么多的幸福，一个人的心灵是否将永远感到宽慰？我是在那里待过，那边，那些花园里，是我而不是别人。我倾听芦苇的歌声，我呼吸花朵的芳香，我注视和抚摸那个孩子——无疑，每一个春天都伴随一种这样的游戏——但是这另一个孩子，这过去的我，唉！我怎么能够变回去呢？（雨打在城市的屋顶上，我在卧室之中独处。）现在，在那边，正是洛西夫偕同牧群归来的时刻，它们从山上归来；夕阳西下，荒漠上一片金黄；黄昏时分的恬静……现在，（现在）……

巴黎——
六月的夜晚

阿特曼，我想念你；比斯克拉，我想念你的棕榈树；图古尔特，我想念你的一片黄沙……绿洲啊，你们的棕榈枝叶，还在来自沙漠的晨风中窸窣作响吗？因炎热而爆裂的石榴啊，你们还听任酸涩的石榴籽坠落下地吗?

舍特马，我还记得你那些清凉的溪流，还有你那温泉，人一走近就会汗水涔涔。坎塔拉，你是金色的桥，我回忆起你那些会发声的栏杆扶手，回忆起那些令人心醉神迷的暮色。宰格万，我又见到你的无花果树和夹竹桃；凯鲁万，我又见到你的仙人掌；苏塞，我又见到你的橄榄树。乌马什，坍塌的城，沼泽绕围着城墙，我十分怀念你的凄惨景象；阴郁的德罗，秃鹰出没，满目苍凉的村落和荒野的沟壑。

高耸的舍加城，你总是出神地俯瞰着沙漠吗?姆拉耶，你还记得那些纤弱的柽柳沉浸在盐湖里吗?迈格林，你还受咸水的灌溉吗?特马西宁，你还总在骄阳下萎靡不振吗?

我回忆起在昂菲达维尔附近，有一块光秃的岩石，春天里会有蜂蜜从上面淌下来。近处有一口井，姿色很美的妇女来此汲水，身上几乎一丝不挂。

阿特曼，你还在那儿吗?现在是否沐浴在

月华之中，你那永远歪歪倒倒的小房子？你妈在里面织布，你姐姐，阿穆尔的妻子，在歌唱或是在讲故事；远处，一窝野鸽子在黑夜中低声地咕咕欢唱；近处，是一泓灰蒙蒙的昏昏欲睡的流水。——

噢，欲望啊！有多少个夜晚我不能成眠？我对一个替代了睡意的梦想那么感兴趣。噢，倘使傍晚时分起雾，棕榈树下响起一阵笛声，幽径深处显露洁白衣裳，炽热的光源旁罩上柔和的阴影……我就去那个地方！……

——陶土制成的油灯！夜使你的火舌摇曳不定；窗户消失了，剩下窗框外的天色；屋顶鳞次栉比；黑夜寂静，月色皎白。

你可以听到，远处，获得解脱的街道上，有时有一辆公共汽车，一辆小轿车驶过；在更远的地方，火车呼啸着驶离城市，遁向远方——整座庞大的城市在等待苏醒……

室内的地板上，留下阳台的阴影；白色的书页上有火焰在跃动。呼吸。

——月亮现在躲藏起来了；我眼前的花园，好像是一池翠绿……哽咽；抿紧嘴唇；太大的信心；思想上的苦恼。我说什么呢？说真实的事。——说**别人**——说他的生命的重要性；对他说话……

颂　歌
HYMNE

代结束语

献给 M. A. G.[1]

[1] “Monsieur André Gide（安德烈·纪德先生）”的缩写。——编者注

她把眼睛转向新生的星星。“我知道它们所有的名字，”她说，“每一颗星有好几个名字，它们有不同的功效。它们的步伐，在我们看来徐徐有致，实际上却是在迅速地飞驰，并导致它们发热燃烧。它们的满腔活力和焦躁不安，是由于它们运行的剧烈，而它们的光辉则是运行的结果。内在的意志力推动它们，并引导它们前进；极大的热忱使它们燃烧，并使它们耗损；正是由于这点，它们才光芒四射，并显得美丽。

“它们相互联系在一起。联系它们的是它们的功效和力量。其结果是这颗星星从属于那颗星，而那颗星又从属于它们全体。每颗星都有规定的路线。它不可能改变路线而不干扰其他星星的轨迹，因为每一颗星都受另一颗星的牵制。每一颗星都根据它应该遵循什么道路而选择自己的路线。它应遵循的道路，也必定是它愿遵循的道路；这条道路，在我们看来是命定的，实际上却是每颗星自己最喜爱的道路。每一颗星都具有充分的意愿。一种盲目的爱引导着它们；它们的选择确定了法则，而我们服从这些法则；我们不能摆脱这些法则。”

寄语

拿塔纳埃勒，现在，你把我的书扔掉吧。从我的书本中解放出来吧。离开我。离开我；现在你使我心烦意乱了；你将我扣留下来；我过高地估计了对你的爱，因此操心过度。我对装腔作势教育别人感到厌倦。我什么时候说过要使你变得和我一模一样？——正是因为你和我不同，我才爱你；在你身上，我爱的就是和我不同的东西。教育！——除了我自己，我能去教育谁？拿塔纳埃勒，我曾不停歇地教育自己，我需要对你说明这一点吗？我在继续教育自己。我历来估计自己，只是根据我可能的作为。

拿塔纳埃勒，扔掉我的书吧；别在这本书里寻求满足。别以为可以通过他人找到你的真理；再没有比这更令人羞耻的事情了。假如我为你找来了食物，你就不会有想吃的饥饿感；假使我为你准备了床铺，这床铺也不会引起你的睡意。

扔掉我的书吧；想一下，这仅仅是面向生活的千姿百态之一。你去寻求你自己的生活姿态吧！旁人能干得和你同样好的事情，你就不去干；旁人能说得和你同样好的话，你就不去说；旁人能写得和你同样好的文章，你就不去写。你身上值得你爱的，是你觉得到处都没有，而只存在于你身上的东西。啊，让你迫不及待地，或者不急不忙地成为一个最无法为别人所替代的人吧！

新　粮
Les nouvelles nourritures

(1935)

照片：安德烈·纪德，66 岁
Philippe Halsman, *André Gide*, 1935

第一书
LIVRE PREMIER

I

当我不再听到大地喧嚣的声响，嘴唇不再啜饮大地的露水时，你将来到大地——也许你往后将读到我的书——我就是为了你写作这些篇章，因为你也许对生活还不会感到足够的惊奇，你对你的生命，这个令人晕头转向的奇迹，还不会表示应有的叹赏。有时我感到你会带着我的焦渴去喝水，那促使你去为某人而倾倒、去加以爱抚的欲望，也就是我的欲望。

（欲望一经变成了爱情，它就变得十分模糊，我感到这十分奇妙。我的爱情就曾弥漫扩散，上下左右不分地包围住他的整个身躯，以至于，朱庇特啊，要是我当时变成了云朵，我自己都不会有所觉察。）

*

微风荡漾，

吹拂着花朵。
我用整个心来倾听你，
世上第一首黎明之歌。

清晨的醉意，
乍露的朝曦，
花瓣沾满了浆露……

别再迟疑，
听从那最柔情的心声！
要让未来
轻轻地把你整个侵占。

瞧那白日和煦的爱抚，
是那样地不为人所察觉，
连那最胆怯的心灵
也会沉沦到爱情里去。

*

人是为幸福而生的，
整个自然界明显地告诉我们这点。

欢乐沐浴着整个大地，是大地在阳光感召下散发出欢乐——正像大地散发出激荡的空气，空气中自然力量已经形成，虽然还未驯服，却已开始冲破最初的控制……人们看到令人喜悦的复杂现象从紊乱的法则中产生：季节的演变，潮汐的涨退，氤氲的消散（随后复化为涓涓流水），光阴的静静递嬗，随着季节而回归的风。一切已在苏醒的事物，都有一种和谐的节奏使之来回摆动。一切都在酝酿欢乐。瞧！欢乐很快就获得了生命。欢乐已在树叶丛间轻轻地搏动着，取得了名字，开始转变为花朵的芬芳，果实的美味，禽鸟的知觉和嗓音。就这样，生命的再现、成形和消失一如水的变化。水流在阳光下化为氤氲，随后又汇合为阵阵雨水。

每个动物只是一种欢乐的集合体。

万物都爱生存。任何生物都在享乐。当欢乐成为美味时，你就称之为果实；当欢乐成为歌声时，你就称之为禽鸟。

人是为幸福而生的，整个自然界明显地告诉我们这点。正是努力追求快乐使植物萌芽，使蜂房填满蜂蜜，使人心充满善良。

*

野鸽子在树枝上尽情欢乐。枝丫在风中摇曳。风吹歪了那些白色的渔船。透过那些丛枝，看得见那粼粼的大海。海浪翻滚白茫茫。欢笑，蓝天，以及一切光明。妹妹呀，这是我的心在自叙心事，对你的心叙述它的幸福。

*

是谁使我降世，我知道得不多。有人告诉我，是上帝；如果不是他，又是谁呢？

生存的欢乐对我来说是如此的强烈，以致我有时不相信，我还不存在的时候没有存在的欲望。

我们还是把这神学上的讨论保留到冬天去吧，因为在争论中有若干事情会使人烦恼。

空无一物。我已一扫而光。一切都完了！我赤裸裸地站在这块处女地上，站在这有待再繁衍的天空前面。

啊，福玻斯[1]！我认出是你。你把长而浓密的头发散布在结霜的草地上。手持那张解放之弓，你快快来吧。你那金色的箭穿过我合上的眼皮，进入了黑暗；它胜利了，降伏了内在的妖魔。把色彩和活力带给我的肉体，把干渴带给我的嘴唇，把眩晕带给我的心灵吧！你从天顶扔下了丝织的云梯，我要把最美的一架抓住。

---

[1] 即希腊神话中的太阳神阿波罗。

我不再依附于地面，我系在一道光芒的末端来回摆动。

噢，孩子，你是我所钟爱的！我要带着你逃走。你用敏捷的手逮住这道光芒吧。瞧这天体！卸掉你的重荷吧。别让你的过去给你丝毫的压迫。

*

莫再等待！莫再等待！噢，阻塞的大路，我要超越你！现在轮到我走了。阳光已向我示意，我的欲望是我最可靠的向导。今天早晨，一切事物都惹我喜爱。

成千缕亮晶晶的光线来回穿梭，纠结在我的心头。用成千种纤弱的察觉，我编织成一件神奇的衣服。神在其间笑，我也向神微笑。是谁说伟大的潘神[1]已死了呢？我透过呼出的水汽

[1] 希腊神话中的牧神。

见到了他。我把嘴唇朝他凑过去。今天早晨，不就是他在低语：“你还等什么？”

用思想和双手，我把一切帷幕和帘幔都推开，直到面前剩下的只是一片光亮、一片赤裸。

*

充溢着慵懒气息的春天，
我恳求你的宽厚。

你浑身无精打采，
我把心留给你。

我的思想未定，
顺着微风飘荡。

一条涓涓小溪
蜜液似的流进我的躯体。
啊！耳闻目见，

只是在梦境之中。

透过我的眼皮，
我迎接你的光明。

给我以抚慰的太阳，
请谅解我的疏懒……

宽宏大量的太阳，
我听任你来啜饮我的心血。

*

今天我，新的亚当，在给万物行洗礼。这条河流是我的干渴；这块小树林的荫地是我的睡眠；这个裸体的男孩是我的欲望。通过鸟儿的歌唱，我的爱情发而为声。在这蜂巢中，我的心嗡嗡作响。那可移动的地平线，你便是我的疆界；在日光的斜射下，你不断后退，逐渐模糊起来，消失在蓝色之中。

*

这儿是爱情和思想的微妙的汇合处。

空白的纸页在我的面前闪现。

像上帝变成人一样，我的思想服从节奏的法则。

我要像一个擅长再创造的画家那样，在这里涂抹最活泼、最鲜艳的色彩，来作为我最完美的幸福的写照。

字眼像鸟儿，我抓住的将只是它们的翅翼。是你吗？象征我喜悦的野鸽子！啊，别再朝苍穹飞翔啦。在这儿停下，在这儿休息吧。

我躺在泥土上。在我的旁边，那挂着累累鲜果的树枝一直弯垂到地上；枝梢拂到草地上，轻轻地触动和抚摸最娇嫩的穗条。连鸽子的一阵咕咕叫声也能使树枝轻轻摇晃。

*

今后如果有一个少年（像我十六岁时那样，不过显得更自由，更成熟），有激动人心的问题要解答，那我这儿所写的就可以向他提供答案。但他究竟会提什么问题呢？

我跟时代没有很多接触，我的同时代人的种种游戏从没给我解决过多少苦闷。我要探测未来。我要超越。我已经预感到，有一天，人们会觉得今日我们把一些问题看得如此紧要，简直不可思议。

我梦想新式的和谐——一种更精细，更坦率的文字的艺术；不用修辞，也不致力于证明任何事物。

啊，有谁把我的思想从沉重的逻辑枷锁中解放出来？我最真诚的激情，一经表达，就被歪曲。

生活可能比人们所认为的还要美好。智慧

不在理性之中，而在爱之中。噢，直到今日，我都生活得过分谨小慎微！要排除旧的法则，才能服从新的法则。啊，解放！啊，自由！我要一直走向我的愿望所能及的地方。噢，我所钟爱的你，你跟我一起去吧；我要把你一直带到那里，但愿你还能走得更远，更远。

相 遇

从早到晚，我们以完成生活中五花八门的动作来消遣自娱。这是在模仿优秀的体操运动员，他们只寻求和谐和节奏美，别无其他目的。马克以经过斟酌的、有节奏的动作去水泵跟前取水。他用泵抽水，把桶提上来。我们熟悉去地窖取酒，打开瓶塞，然后喝酒的所有动作；我们分析过这些动作。我们有节奏地碰杯喝酒。为了摆脱生活中的困境，我们也创造过一些步调；有的是用来强调内心的困扰，有的则是用来加以掩饰。有表示恸悼和表示恭贺的快三步舞，有表示疯狂希望的二拍舞，还有表示所谓合法愿望的小步舞。生活中也像那些著名的芭蕾舞一样，有表示小吵小闹的舞步，有表示反目不和的舞步，也有表示和好的舞步。我们在合跳中都很出色，但表示亲密友谊的舞步却只能独跳。我们所发明的最有趣的步伐，就是大伙儿穿越大草地，下水沐浴时的步伐：这是一种快速的运动，因为大家都想汗流浃背地赶到；我们连跑带跳，草地的斜坡有利于我们大步跨越，我们一只手前伸，就像跑着追赶有轨电车的人的姿势一样，另一只手拿着一件飞舞的围身浴衣；我们到达时气急败坏；我们哈哈大笑着进入水中，一边背诵着马拉美的一些诗篇。

可是你可能会说，这一切抒情味不够，还少了一点自由放任……嘀，我忘了：我们还会纯粹出于自发，突然来几下连脚跳这种舞蹈动作呢！

*

自从有一天，我终于使自己相信，我并不需要幸福，幸福就常驻在我身上；不错，就是从我使自己相信，为了幸福，我不需要任何东西那一天起。自从我用铁镐铲除了自私自利之心以后，我的心头就好像喷涌出无穷无尽的快乐，足以让所有其他的人分享。我明白了：最好的教育是以身作则，树立榜样。我把我的幸福当作我的天职。

总之，我当时以为，倘使你的灵魂和肉体注定要溶解消散，那就及早行乐吧。如果灵魂是不灭的，那你不是有无穷无尽的时间来从事你的感官所不感兴趣的事吗？你穿越一个美丽的国家时，由于它对你的诱惑力即将消失，你就会对它不屑一顾，就会不接受它诱人的魅力吗？你的穿越愈是快速，你的目光就愈是贪婪；你的消逝愈是匆匆，你的搂抱就愈是迅捷！我作为一个瞬间的情人，为什么不满怀柔情地拥吻我明知留不住的心爱的对象呢？飞逝的灵魂啊，你要抓紧才好！你得明白，最美的花朵也是最早凋谢的花朵。你快俯身闻闻它的香味吧！不会凋谢的花朵是没有香味的。

天性欢乐的灵魂，别再害怕有什么事物会败坏你清越的歌声。

但我现在明白：万物流逝，永恒的上帝不

驻在有形的物体上，而是驻在爱之中；因此现在我学会在瞬间之中品味平静的永恒。

*

这种欢乐的状态，你若不能保持它，就不要过分强求达到它。

轻微的眼花缭乱，
迎来我的苏醒！
我远未梦想
进入非物质的境界；

但我爱你，无瑕的碧空。
我轻盈宛如天使，
倘被拴缚在天空的一隅，
我就会死去。

就我所知，不存在

更实在的东西，
一侧耳去听，我就听见了你。

为了品尝这甜蜜，
我不愿意再等待。

今天早晨，我像拿钢笔蘸墨水蘸得稍嫌过多的人一样，唯恐墨汁玷污一连串的字句。

II

我由衷的感激促使我天天在发明上帝。天一亮，我就惊诧于自己的存在。我对自己的存在赞叹不已。为什么痛苦解除所带来的欢乐比不上欢乐终结所引起的痛苦呢？这是因为，你在痛苦中念念不忘被痛苦夺去的欢乐，而在幸福的氛围中，你根本不会想到你已经避开的痛苦，因为具有幸福感是你的天性。

每个造物依其感官和心灵接受幸福的能力，理应获得一定分量的幸福。不管你从我身上夺去的幸福是多么微小，我都是一个被窃者。我毫不知道我出生之前是否要求生存；但我既已生存，就有权要求一切。然而感恩的感觉是如此甜蜜，爱的感觉对我来说也是如此的甜蜜，以致连微风的轻抚都会在我心中引出一声谢谢。这种感激的需要教会我把遇到的一切都化作幸福。

*

对失误的提心吊胆，把我们的思想紧紧地束缚在逻辑的栏杆上。逻辑是存在的，但也存在着超越逻辑的事物。（不合逻辑使我恼火，可是过分地合逻辑又使我感到厌倦。）有的人爱推理，也有的人听任别人有理。（我的理智如果认为我的心脏跳动是错的，那我倒要替我的心脏辩护。）存在着弃绝生活的人，也存在着放弃讲理的人。而我，正是在缺乏逻辑的时刻，意识到了自己。噢，我最亲爱也最可爱的思想！你花很长的时间设法证明我出生的合法，这和我有什么关系？今天早上，我阅读了普鲁塔克的《罗穆路斯传》和《忒修斯传》，在两篇传记的开头，不是提到了这两位伟大城市的奠基者吗？尽管他们两个是“偷偷地，由于一种秘密的结合”而诞生的，但不都被认为是神的儿子吗？……

*

现在的我完全受过去的制约。没有一个今天的举止不由昨日的我决定。但是现在这个时刻的我，来得骤然，昙花一现，独一无二，是无法滞留的……

啊！我真希望能逃避我自己！我要跳出那为了尊重我自己而接受的束缚。我的鼻孔迎风开张。啊！起锚吧，去迎接那大胆的险遇吧……但愿这不会为明天带来不好的后果。

我的思想在“后果”这个字眼上栽了跟头。我期待于自己的难道只是下文吗？后果；牵连；预先规定好的进程。我不想再步行，我想跳跃，用腿弯的一跳来摒弃、否定我的过去；我不想再履行诺言：我许愿太多了！未来啊，如果我是个不忠贞的人，我会多么爱你啊！

是什么样的海风或山风载负着你飞越，我的思想？你像颤动和拍打着翅翼的蓝鸟，屹立在峻岩的峰顶；你前进吧，前进到“现在”能带你到达的最远的地方，你已经通过举目远望进入了未来之中。

噢，新的忧愁！还没有提过的问题！……昔日的痛苦使我厌倦；我已经榨尽了我的辛酸；我向那未来的无底深渊俯下身子。深谷中的风啊，把我刮走吧！

III

自我的每次表现都是在忘我之中。你身上舍弃的一切都将获得生命。一切自我表现的企图，结果是否定了自己；一切自我牺牲都导致了自我表现。施舍才是最完善的占有。一切你不知施舍的东西将占有你。没有牺牲就没有复活。只有在奉献中，一切才会心花怒放。你身上想保护的所有东西都在日渐衰颓。

你靠什么认出果子熟了？靠果子离开了树枝这个现象。万物的成熟，是为了施舍，在奉献中成为十全十美。

啊，充满着美味的果子，为快感所包裹着的果子，我知道你必须舍弃自己去萌芽。那么，让果子死去吧，让这种包围着你的美味死去吧！让它死去吧，让这种丰满鲜美而又蜜甜的果肉死去吧！因为它是属于大地的。为了使你活着，让它死去吧！我知道："果子要是不死，就得单独留在世上。”

啊，主啊，别让我为死而等死吧！

任何德行都在自我牺牲之中日臻完美。果子所追求的最好的美味是为了萌芽。

真正有口才的人放弃口才；一个人只在忘却自己时，才比任何时刻更显示出本色。[1] 谁念念不忘自己，谁就是阻碍自己。我从来没有这样赞颂过美，我只在那些美人忘却她们的美时，才对她们的美蔚为叹赏。最动人的线条也就是最表现出柔顺的线条。基督正是在牺牲自己的神性时，才真正变成了上帝。反过来也一样，上帝在基督身上，是舍弃了自己才创造了自己。

[1] 纪德在这里化用了帕斯卡的一句名言：“真正的口才嘲笑雄辩。”

相 遇

献给让-保罗·阿莱格雷[1]

1

那一天，我们在城市中漫步。趁着一时高兴，我们走到了塞纳河边——你记得这事吗？——遇见了一个穷困的黑人。我们对他出神地注视了很久。这是在菲施巴赫书店的橱窗附近。我说清这一点，因为人们为了一味抒情，常把什么都说得含糊不清。我们为了寻找停步的借口，就假装观看店面，实际上是在观看这个黑人。他无疑是穷人，这一点，由于他尽力掩饰而仿佛更突出了；他是一个非常注重自己尊严的黑

[1] 让-保罗·阿莱格雷（Jean-Paul Allégret，1894—1930），生于加蓬，于法国吉伦特省阿卡雄早逝。其父亲埃利·阿莱格雷（Élie Allégret，1865—1940）是法国新教牧师、传教士，当过纪德的家庭教师。——编者注

人。他戴着一顶黑色高统帽，穿着合格的礼服；但那顶帽子活像马戏团员戴的帽子，而那套衣服更是破烂得可怕；他穿着衬衫，但那件衬衫也许只是穿在一个黑人身上才显出白的颜色；他的潦倒尤其暴露在他那双破裂的鞋上。他拖着很小的步子走着，有如一个没有目的，随时不能再前进的人；他每走四步就停下，举起他的大礼帽，用它给自己扇扇风，虽说那时天还很冷，接着，他从裤袋里掏出一条脏手绢来擦额头，随后又把手绢塞回袋内；他的前额很大，光秃秃的在苍苍白发下突露出来；他的眼神茫然，就像那些对生活不再有所期待的人一样，对于交臂而过的行人仿佛视而不见；但当那些行人停步注视他时，出于自尊，他很快戴上帽子，随即又向前走去。他无疑是刚拜访过一个人，向他提的要求遭到拒绝。他仿佛是那些不再有希望的人。他仿佛是一个忍饥挨饿的人，但他是一个宁可饿死而不愿再去乞求的人。

毫无疑问，他想表示，也向他自己证明这

样一个事实：要忍辱负重，光是身为黑人还不够。啊，我真想尾随着他，真想知道他往哪里去；但是他却无处可去。啊！我真想亲近他，可我又不知该怎么做才不惹怒他。再说，你当时伴着我，我不知这一切有关生活的鲜活事物使你感兴趣到什么程度。

……唏！要有可能，我仍然要去亲近他。

2

就在同一天，相隔并不久，我们乘地铁回家，见到了这个矮矮的很可亲的人，他带着一个盛着鱼的大口瓶。瓶外裹着块布，一边留着空，可以观看，而在布外面又用报纸包着。一开始我们都不知道这是什么东西，但他把瓶遮盖得这么用心，终于使我笑着对他说：

“这是一枚炸弹吧？”

他听了这话，把我拉到有亮光的地方，带点神秘感对我说：

“这是鱼。”

因为他生性和蔼可亲，并且察觉到我们要求的只是交谈，他接着又说：

“我给鱼遮上布是为了不惹人注意，不过，要是您喜欢这些美好的东西（您一定是艺术家吧），我马上就给你们看。”

他小心翼翼地，用母亲为婴儿换襁褓时的神态，打开了那只大口瓶，一边说：

“这是我的买卖；我是养鱼人。喃！瞧这些小鱼，每条要卖十法郎。这鱼非常小，你们没想到这是罕见的鱼种吧。这鱼真美啊！你们只要凑着光看一下。喃！这是绿的，这是蓝的，这是玫瑰色的；这鱼本身没有什么颜色，是光给它们蒙上了各种色彩。”

在大口瓶里，只有十几条灵活的颌针鱼。它们逐个经过那道围布的空隙时，在光线下显得斑斓多彩。

“这些鱼是您饲养的？”

“我还饲养了许多别的鱼！但那些，我不带

出来，它们太娇了。想想看，有的鱼每条价值五十或六十法郎。有人找上门来看鱼。我只在卖出时才带它们出来。上周，有个阔绰的养鱼爱好者，花一百二十法郎买了我一条鱼。那是一条中国金鱼：它有三叶尾鳍，宛如一个土耳其总督……养鱼困难吗？那还用说。饲料就很费钱，随时会患肝病。每星期一次，一定得把它们投放到维希矿泉水里去。鱼的成本就贵了。不这样，行吗？不行，鱼会像兔子那样繁殖，先生，您是养鱼爱好者，是吗？您应该上我家看看。”

眼下我把他的地址弄丢了。嗨！我真遗憾当时没上他的家里去。

3

“最重要的发明还有待于揭示，必须从这点来谈。”他对我说，“这些重要发明将仅仅是对一些最简单的观察发现加以阐明，因为自然界的一切秘密都暴露着，每天冲击着我们的视线，可我们就是不去注意。往后人们利用上了太阳的光和热，他们就会怜悯我们——因为我们那么艰难地从地肥中提取光源和燃料，我们浪费起煤炭来真是毫不考虑子孙后代。那么到底什么时候，灵巧节俭的人类能学会在地球所有的热点，截取和疏通那些不合时宜的和多余的热能呢？人们会达到这一步的！人们会达到这一步的。”他以先知先觉的口吻继续往下说：“当地球开始变冷的时候，人们会达到这一步，因为也就是在这时候，人们开始缺少煤了。”

“看来，”我眼见他要陷入抑郁的沉思中去，为了阻止他，便说，“您的见识非凡，肯定也是一个发明家喽？”

“先生，”他立刻回答我，“最伟大的人物并不是最出名的人。和车轮、缝衣针、陀螺的发明者相比，和第一个注意到孩子滚的铁环是一条直线的人相比，一个巴斯德、一个拉瓦锡、一个普希金又算得了什么呢？要善于观察，这是一切问题的所在。但是我们活着竟不去观察。您瞧：口袋是一个多么可赞叹的发明！嘀，您有没有想到过口袋？可是人人都在使用口袋。我对您说：只要善于观察就够了。嗯，喏，您要提防刚进来的那个人！”他突然变声，并扯了一下我的袖子，把我拉到一旁。“这是一个老傻瓜，他从没有什么发现，但他总想剽窃别人的发明。我请求您，在他面前什么也别提。（他是我的朋友，养老院的主任医生。）您瞧，他是怎么盘问这位可怜教士的；这个绅士尽管穿上了普通服装，但他确是一个教士。他也是一位伟大的发明家。叫人恼火的是我们相处不来。我的意思是说，我们本可以合伙干一番大事业。每当我对他谈起什么事的时候，他都似乎用中文给我回话。再说，这一阵子他躲着我。待会儿，等这老傻瓜走开后，您就去找他。您会发现：他懂得很多稀奇古怪的事情，如果他思维有条理的话……瞧，他现在单独在那里。您去吧。”

“不过您得先告诉我，您发明了什么东西。”

“您想知道吗？”

他先向我俯下身子，随后又猛地将上身朝后一仰，压低声音，用异常沉重的声调说：

“我发明了纽扣。”

这时我的朋友C已经走开了，我就向那条长凳走去，那位“绅士”还坐在那里，双肘撑着膝盖，额头埋在两个手掌里。

“我没在什么地方见过您吗？”我这样对他说，作为开场白。

“我也好像见过您，”他在盯着看过我后说，“唉，您提醒我好不好：您是否刚才和那可怜的大使交谈过？对，就在那里，正在独自散步，这会儿他就要背向我们了……他怎么样？我们过去是好朋友，但他是一个妒忌成性的人，自从明白了他少不了我的时候起，他就再也无法忍受我了。”

“您怎么解释这一点？”我壮着胆问他。

“亲爱的先生，您马上就会明白的。他发明了纽扣。他大概对您说了吧。可我就是那扣眼的发明者。”

“于是你们就闹翻了。”

“这是无法避免的。”

IV

在福音书的文本里，我无法确切地找到禁律和禁令。但是提到要以尽可能明澈的目光去注视上帝，我就感觉到大地上的每一种事物，一经我觊觎，就变得暗不透光。整个世界就此丧失了它的澄澈明净，或者我的目光就此丧失了它的明澈。结果是，我的灵魂再也感觉不到上帝，抛弃了造物主而去追求造物，我的灵魂就不再生存在永恒之中，从而也就失去了上帝的国。

*

主基督啊，我皈依你，如同皈依上帝——你是上帝活的形象。我倦于对我的心灵撒谎。你是我童年时代的神圣朋友，在我以为逃避了你的时候，我却发觉你无处不在。我十分清楚，我那苛求的心，只有你才能使它满足。唯有我内心中的魔鬼才否认你的教导至善至美；否认我能舍弃除了你以外的一切。因为我在任何一种舍弃中，都感到你的存在。

由于新的欢乐，
我的灵魂飘飘然，
是青春的门槛，
是天堂的大门……
主啊，增加我的醉意吧！

这是使我的灵魂
和你隔绝的空间。
在灾难中，我的灵魂怀念着你……
主啊，加重我的心醉神迷吧。

在干燥的沙地上
印下赤裸的脚印，
我纯朴的诗篇
并不逃避韵脚。

我的灵魂
无忧无虑，遗忘往昔，
沉醉地晃荡在
有节奏的波涛之上。

当小灌木笑迎
第一批繁茂的花朵，
在这垂泪的老橡树上，
大群鸟儿在筑巢。

欢笑声，神圣的节奏，
请来摇动这一簇簇的叶丛！
我品尝过了
比葡萄酒还要强烈的饮料。

啊，过于明亮的光，
请穿透我的眼皮！
主啊，你的真理
一直刺到我的心里。

相 遇

这是在佛罗伦萨。是什么节日我记不清了。从我的窗口——它朝向阿尔诺河的圣特里尼塔和韦基奥两座桥之间的一个码头——我注视着人群，等待黄昏的到来。人群在黄昏时会变得更加热情虔诚，我就会产生挤到人群中去的愿望。可是，就在我眺望河流上游的时刻，传来了一阵喧哗声。一些人奔过来了。在韦基奥桥上，就在贴近桥头的那排房屋的尾部，在桥中央出现空隙的地方，我看见人们争先恐后地俯在桥栏上，伸长手臂，指点着一个在漩涡中时沉时浮，最后被水流冲走的小物件。我走下街头，向过路人打听。他们对我说，一个小女孩落水了；她那鼓起来的裙子使她在水面浮了一会儿，现在已经不见了。小划子从岸边解缆而去，人们拿着带钩的长篙在水中打捞到深夜，但是白费力气。

怎么搞的！在这密集的人群之中，竟没有

一个人能看住这个女孩，拉住这个女孩？……我走上韦基奥桥，就在小女孩刚才跳水的地方，一个十五岁左右的男孩在回答路人的诘问。他说他看见这小女孩突然跨过栏杆；他冲过去，刚好抓住她的手臂，把她凌空提了一阵子；在他身后走过的人群，什么都没有察觉；因为没有力气独自把她拖上桥面，他想喊救命；但就在那一刹那间，她对他说："别喊，让我去吧。"这话音是那样凄惨，使他终于松了手。他一边叙述这经过，一边呜呜地哭着。

（他自己也是这些可怜儿中的一员，如果没有家庭的话，他们的不幸也许稍微轻一些。他穿得破破烂烂。我能想象，在他抓住小女孩手臂，和死亡争夺她的瞬间，他也可能感受到和她一样的绝望，也可能和她一样迷上了绝望。而这种迷恋会向他们打开天堂的大门。他是出于怜悯才松了手。"Prego... lasciatemi.[1]"）

---

[1] 意大利文：求求您……放开我吧。

人们问他是否认识她；不，他是第一次遇见她；没有人知道这小女孩是谁，以后的一切调查也都是白费力气。尸体找到了。这是一个十四岁的小女孩，瘦骨嶙峋，穿着极其破烂。如果能知道她的情况，我什么代价都愿意付出！是他父亲有了一个情妇？还是她母亲有了一个情夫？是什么使她原来依靠的东西突然间在她面前崩溃了……

“不过，这故事，”拿塔纳埃勒问我，“干吗要放在你这本献给快乐的书里？”

“这故事，我很想用更质朴的话来表达。的确，建筑在贫穷之上的幸福，我不想要。靠剥削别人得来的财富，我不想要。假使我穿的是剥夺别人得来的衣服，那我宁愿赤身裸体。啊，主基督啊，你殷勤好客，慷慨大方！而那天国盛宴迷人的地方，就在于天下人都是座上客。”

*

世上有这么多的贫穷、绝望、困难和恐怖，以致幸福的人想到这点就不能不为自己的幸福而羞愧。然而不会独自幸福的人却又无助于别人的幸福。我觉得自己身上有强烈的争取幸福的要求，但是任何靠牺牲别人、夺取别人的所有而获得的幸福，在我看来都是可憎可恶的。我们再往前走一步就要触及可怕的社会问题。我的理智所能提供的所有论据，都不能在共产主义的斜坡[1]上把我拉住。在我看来，要求所有

[1] 在这斜坡上——在我看来，这是向上的而不是向下的斜坡——我的理智和我的感情结合在一起。我在说什么？今天我的理智在这斜坡上要走在感情的前面。假使有时我看见某些共产党人只是一些理论家而感到痛苦，那么，今天一心要把共产主义当作一种感情的事业这种错误，在我看来也是非常严重的。（纪德，1935 年 3 月）——原注
纪德从来没有加入过共产党，但在 1936 年访问苏联之前表示信仰和赞同共产主义。1932 年 7 月的《新法兰西评论》公布了他的部分日记，表明了他对共产主义的信念："我愿活到足以见到苏联计划大功告成的时候……我从来没有（转下页）

者来分散自己的财产是一个错误，但期待他们自愿放弃他们所念念不忘的财产又是何等的空想！至于我，我厌恶任何独自占有；正是施舍构成了我的幸福，死亡并不会从我手中夺走什么东西。死亡最使我痛感损失的，将是那些分散的、自然的、占有不了而又属于公众的财富；这些财富曾使我特别地陶醉。要说别的东西，我喜欢小客栈的饭菜胜过最丰盛的酒席，喜欢公园胜过锁在高墙内的最华丽的花园，喜欢可供散步时随身携带的书籍胜过供收藏的珍本。如果要我独自欣赏一幅艺术作品，作品愈是秀美绝伦，我的忧愁就愈是压倒快乐。

我的幸福就在于增进别人的幸福。我要幸福，首先要天下人一起幸福。

（接上页）以这样热烈的好奇心关怀过它的未来，我的全副身心都为这个宏伟而又非常人道的事业欢呼。”（见《纪德日记》）他还曾公开宣称：“为了保证苏联的成功，如果需要我付出生命，我会立刻献身。”

*

在福音书中，我赞赏，我不停地赞赏那一种寻求快乐的超人的努力。人们所引述的基督的第一句话，就是“……有福了”[1]。他第一个奇迹，就是把水变成酒。（真正的基督徒，就是那清水也足以使之陶醉的人。正是他自己的内心，在重演迦拿的奇迹。）只是由于人们可憎的解释，福音书才成为崇拜忧愁和痛苦，神化忧愁和痛苦的理论基础。因为基督说过：“凡劳苦担重担的人，可以到我这里来，我就使你们得安息。”[2] 于是人们以为：为了能到基督跟前，必须劳苦，必须担重担；基督带来的是安息，我们却把它变成了“赦罪”。

[1] 《马太福音》第 5 章第 3—11 节，耶稣对众人宣讲时使用的排比句式。

[2] 《马太福音》第 11 章第 28 节。

*

很久以来，我就认为，快乐比忧愁更少、更难得、更美。当我有了这一层发现（这可能是我一生中能做出的最重要的发现）后，快乐对我来说就不仅成了一种自然的需要，而且还是一种道德的义务——在我看来，在自己周围播种幸福的最好、最可靠的方法就是现身说法，亲自提供幸福的形象。我因此下决心要幸福。

我曾写过："幸福而又进行思考的人，可被认为是真正坚强的人。"真的，建立在愚昧无知上的幸福，算得了什么呢？基督的第一句话就是主张把忧愁包含在快乐之中。他说："哀恸的人有福了。"要是谁在这句话里看到的只是一味鼓励哀恸，那他绝对没有领悟这句话的真谛！

第二书
LIVRE DEUXIÈME

“我想，所以我存在。”[1]——

“所以”这个词成了我的绊脚石。

我想，我存在。

也许下面的提法包含更多的真理：

我感觉，所以我存在。

——或者甚至说：

我相信，所以我存在。

——因为这样等于是说：

我想我存在。

我相信我存在。

我感觉我存在。

然而在这三个句子中，在我看来，最后一句最真实，独一无二的真实。因为终究“我想我存在”并不一定是说我真正存在。“我相信我存在”也同样是这个道理。这就好像把“我相信上帝存在”作为上帝存在的证据一样荒唐

[1] Je pense, donc je suis——习惯上译成“我思故我在”，是法国哲学家笛卡尔的哲学命题。

大胆。至于“我感觉我存在”，在这里，我既是审判者，又是当事人。我怎么会错呢？

“所以我想我存在”——我想“我存在”，所以我存在。

——因为我想，总得有个想的内容——

例如：我想上帝存在，

或者

我想一个三角形的诸角之和等于两个直角，

所以“我存在”。

——那么这个“我”是无法确定的；……所以这存在——我，就成了中性的事物。

我想：所以我存在。

同样也能说，我痛苦，我呼吸，我感觉：所以我存在。因为，如果说人不存在就不可能思想，那么人却能做到存在而不思想。

但当我一味感觉的时候，我存在却并未想到我存在。通过思想，我意识到我的存在；但这一下子，我又中止了单纯的存在：我是在思想着存在。

“我想，所以我存在”等于“我想我存在”。“所以”这个词好像是天平上的天平梁，毫无分量。两个托盘上只有我放上的东西，也就是说，同样的东西。X=X。我把词语加以颠倒，也没有用，还是得不出什么结果；过了一阵以后，我头痛剧烈，便一心只想去散步了。

*

某些使我们激动不安的“问题”，虽说不是没有意义，但因为完全不可解决——如果要等到它们解决之后，我们才能有所决定，那是十分愚蠢的——所以我们还是抛下它们往前走吧！

“但在行动之前，我需要知道，我为什么生存在这大地上？上帝是不是存在？它是不是看见我们？因为如果它存在的话，我一定会要求它看见我。但我首先想知道是否……”

“去探求吧，去探求吧！暂时就不要行动。赶快把这鼓鼓囊囊的行李放到寄存处，并且像爱德华一样，把收条立即扔掉吧！[1]”

*

不信仰上帝，这比人们想象的要难。这要从来没有真正观察过大自然才行。……物质为什么上升？上升到哪里？但是这种信息既然使我远离了无神论，便也使我远离了你们的信条。物质可以渗透，可以延伸，可以为精神开路；精神可以和物质联合，甚至合为一体——面对这一切，我所感受的惊讶，我倒是愿意称之为宗教感情。在这大地上，一切都使我惊讶。如果把我这种惊愕，称为对上帝的崇敬，我不会有异议。但这有什么用！我不仅在这一切里面看不到你们的上帝；相反地，我到处都看到，

[1] 指涉《伪币制造者》中的情节。——编者注

都发现它不可能存在，它并不存在。

我想把连上帝自己都无法加以更改的一切事物称为神。

这个提法是受歌德某句话的启示[1]（至少是最末的几个字眼），它有这个优点：它主要并不是意味着信仰一个上帝，而是意味着不能承认有一个和自然法则相抗衡的上帝（换言之，也就是和它自己相抗衡的上帝），一个不和自然法则合为一体的上帝。

“我不知道这提法在哪一点上和斯宾诺莎主义有区别？”

我不想强调它和斯宾诺莎主义之间的区别。我已经举出了歌德。歌德自觉自愿地承认，他是受了斯宾诺莎的影响。每个人可以说总是从别人那里得到一些东西。有些和我在思想上有联系，有姻亲关系的人，我以能向他们表示敬意为乐。我对他们的敬意，也不会低于你们对

[1] 见《诗与真》第十六卷。——原注

你们教会的“神父们”所持的敬意。但是，你们的传统源于神的启示，却是禁止一切自由思想的。而我持的这一种敬意，完全符合人性的传统，不仅让我的思想自行其道，并且鼓励和促使我不接受任何未经我自己检验过或我无从检验的东西为真理。这里并不包含什么骄傲，而是具有一种思想上的谦逊，一种很有耐心的，甚至带有惶恐不安的谦逊。虚伪的谦虚则在这里受到厌恶。认为人不通过神的启示，不通过这种奇迹的干预，只靠自己是不能得到任何真理的，这是虚伪的谦虚。

相　遇

“最近人们对我议论纷纷，”上帝对我说，“有许多回声传到这里。甚至到了令人有些发窘的地步。对，我知道，我现在很时髦。但所有谈论我的话，往往都不怎么讨我欢喜；甚至有些话我完全听不明白。对！您，您是干这一行的（您不是自炫有文学修养吗？），您大概可以告诉我，这个短句是谁写的？在这么多的胡言乱语中，这一句倒讨我欢喜：‘我们只能像谈论自然一样谈论上帝………’”

“那短句是我写的。”我红着脸说。

“那好，那么，你听我说。”上帝从这时开始，用“你”而不用“您”来称呼我，“某些人总巴不得我进行干预，去为他们打乱已建立的秩序，这样，我自己不遵守自己的法则，就会把事情搞得十分复杂，而且会导致弄虚作假。但愿这些人能较好地学会服从我的法则；但愿他们明白，他们这样才能最充分地利用我的法则。

人类的能力比他们所想象的要大得多。”

“人类处在困境之中。”我说。

“那就让他们出来吧，”上帝于是说，“我让他们自己应付，乃是为了向他们表示我对他们的器重。”

随后，他又说：“咱们私下说说，这些法则并没有使我花费多大力气。它们来得非常自然。既有若干原始材料，这一切就由不得我支配，自然而然地诞生了。因此，最小的芽苞的生长过程比神学家们所有的空谈更能把我解释清楚。我分散在我的造物之中，我既消失在其中，又不断地出现在其中，这样，我就可以说和造物合为一体了，我甚至怀疑，没有造物，我是不是真正存在；我在造物中证实了我的潜力。但是这分散的一切，只是在人的大脑中才成形；因为声、色、香只是在和人的交往中才得以存在；而那最美妙的曙光，最和谐的风声，映在水面上的天色，以及那波浪的颤动，如果不被人类接收，如果不经过人类的感官而变得和谐匀称，那就不过是一片虚幻。正是在这块有感觉的镜面上，我全部的造物映照了上去，染上了色彩，活动了起来……”

“我该向你承认，”他又对我说，“人类使我十分失望。那些嚷得最多、自称是我子民的人，口口声声要更虔诚地崇拜我，却对我给他们在地面上安排好的一切不予理睬。是的，这些口口声声称我为父亲的人怎么以为，我会高兴地眼看着他们出于对我的爱，去忍饥挨饿、去受苦、去克制一切呢？……这对我一点好处也没有！

“正像你们为你们的孩子把复活节蛋藏在小灌木丛中一样，我也藏起了我的最美好的秘密。我特别喜爱那些肯费一点力气去寻觅的人。”

当我捉摸和估量我所用的“上帝”这个词时，我只能感到这几乎是一个空空洞洞的词；正是这一点，使我能如此方便地使用。这是一个不成形的容器，可以无穷尽地扩大，可以容纳各人喜欢放进的东西，但是它现在仅容纳着我们每人已放下去的东西。如果我放进去的是全能的力量，我怎能对它不抱恐惧呢？如果我倒进去的是对我的关心，对我们每人的仁慈，我怎能对它不敬爱呢？倘使我给它霹雳，把利刃般的闪电拴在它的身上，那么我将不是在暴风雨面前，而是在上帝的面前胆战心惊。

审慎、良心、仁慈，如果不存在人，这一切根本不能设想，人把这些品质从自身离析出来，很模糊地加以设想，把它们安置在纯净状态中。也即是说，抽象地加以设想，并用来塑造上帝。人能做到这一点。人甚至能设想：上帝是开创者，是先行者；现实世界由他创造，又倒过来创造了他。人还能设想上帝是离不开造物的，因为如果造物主什么都不创造，他就不是造物主了。因此，两者完全是处在相辅相成的关系中的。可以说，两者缺一，便不存在；造物主缺了造物便不存在；人对上帝的需要不会比上帝对人的需要更大。设想这两者都不存在，要比设想两者缺一更容易些。

上帝拉住我，我拉住上帝；我们一起存在。这样想起来，我就和全体造物化为一体了；我溶化并渗入芸芸众生之中了。

相 遇

“关于仁慈的上帝，我不坚持。”这妩媚的小女孩对我说，“嗨，注意，我把他交付给你了；因为我觉得，同你争论没有用处。再说上帝总会有所收益的；正如人们所说，他总会找到他的亲人。不管你愿不愿意，你就是他的一个亲人。神父昨天还对我说过这一点：不管你愿意与否，上帝将拯救你。因为你心地好。既然这样，你怎么能说你不喜爱仁慈的上帝呢？你只要不是那么固执，很快就会承认：你自己的好心肠是他慈悲心肠的一部分，你内心最美好的东西都来自上帝……不过我是来跟你讲圣母马利亚的。啊，在这一点上，我可不能放过你。我真不明白，你，一个诗人，你怎么会不爱她？实际上，你是不知不觉地在爱她；或者，说得更确切些，你是出于骄傲，不肯向自己承认，你是在爱着她。不行，不管怎样，你大概都很固执！……很简单：清晨银色的雾飘浮在依然沉浸在梦乡的草地上，你为什么不肯干脆地承认，这银色的雾便是她的衣裙？那骤然降临到汹涌波涛上的宁静，便是她纯洁的双脚，恶魔的制服者？而在黑夜里使泉水粼粼闪光，映射进你的眼帘，使你感到赏心悦目的，就是她的目光。而那受和风拂动的叶丛，发出悦耳的簌簌声，直钻你的心房，这就是她的声音。而她本人，只有一心向往纯洁的心灵才能见到。她保护人们内心的纯洁，为的正是要使自己能反映在人们的心中。我从来没有见过她，不，还没有见过，但我清楚，就是她和我对她的爱，使我远离一切会玷污自己清白的事物……得啦！可不，你要态度好些。你要承认她，并且爱她。因为，这两者是一回事。你将会给我多少快乐！……而她，圣母马利亚是如此宽宏大量，竟允许我更爱耶稣。哦，他呀！……我在爱耶稣的同时，从来就没忘记他是圣母的儿子。此外，我们不能爱一个而不爱另一个。同时，我们也得爱圣灵。不，你瞧，我越是考虑这个问题，越是不能明白你抵制的原因……要是我敢于把我的想法全部说出来的话……在这方面，我觉得你有点儿愚蠢。”

“那好，咱们谈别的吧。”我对她说。

*

我承认，好久以来我使用“上帝”这个词，犹如使用那个我往里倾倒最最模糊概念的垃圾箱。临到末了，终于形成了和弗朗西斯·雅姆[1]笔下蓄着白胡子的好心上帝很不相同，但也并不实在的一些东西。由于老年人会陆续地脱齿落发，减退视力，丧失记忆直到呜呼咽气，我的上帝便跟着“老化”（不是上帝老化，而是我在老化），也失去了以前我赋予它的全部属性；首先一条（或者说是最末一条）是存在，

[1] 弗朗西斯·雅姆（Francis Jammes，1868—1938），法国诗人、小说家，纪德的朋友，其作品充满天主教的宗教热情。——编者注

或者也可以说是实在性。假如我停止思考上帝，上帝也就不存在了。唯独我的崇拜在创造上帝。崇拜可以不要上帝，上帝却少不了崇拜。这成了一种镜子游戏，当我明白是我独自在逗着玩以后，就觉得不好玩了。在一段时间里，这个上帝已失去了一切个人的属性，试图躲入美学中去，躲入数的和谐中去，躲入大自然的 conatus vivendi[1] 中去……现在，我看再谈也没有多大意义了。

但是我明白了，过去称为上帝的东西，也即从前那一堆混乱的概念、感情、呼唤和回答，只是由于我而存在，只存在于我心中。不过今天回想起来，我仍然觉得这一切比世界上其余的东西，比我自己，比整个人类更应值得重视。

[1] 拉丁文：生存意志。

*

荒谬的世界观和人生观引出了我们四分之三的不幸。因为迷恋过去，我们不明白：只有今天的欢乐让位，明天的快乐才有可能。每个浪涛只有依靠前浪的退却，才取得曲线的美姿。每朵鲜花应为果实而枯萎。每枚果实如不坠落，不烂掉，就不能保证新的开花季节的到来。因此，连春天也要倚立在冬天的门槛上。

*

由于上述考虑的缘故，比起人类史的教导，我更爱听自然史的教导，并且一向如此。我认为从人类历史的教导中获益是极少的。人类历史中始终存在着侥幸偶然。

最纤弱的野草的生长，服从着永恒的法则。这些法则不受人的逻辑的约束，或者至少说不能转换为人的逻辑。在自然法则中，试验能重新开始；万一发生错误，一种更严格、更能洞察障碍的观察能使人们更加接近一种持久的真理，更加接近一个包括并超越我的理性的、我的理性所不能否认的上帝。

接近的是一个没有仁慈的上帝。你们的上帝并没有更多的仁慈，只不过是你们赋予他的那点仁慈而已。除去人以外，一切东西都是非人性的。必须接受这一事实；必须从这一点出发。而且必须出发。

*

我对希腊诸神，远比对我们仁慈的上帝更容易信奉。但我不得不承认，这种多神论充满着诗意。它其实相当于无神论。人们谴责斯宾诺莎就是因为他的无神论。可是天主教徒在礼拜耶稣基督时还不如他那样充满着爱、崇敬，甚至是虔诚的心情。我说的还是那些最顺从的教徒呢；不过他所礼拜的基督是一个没有神性的基督。

*

基督教的假设……这是不能接受的。

不过这种假设还不能被唯物主义的看法动摇。

我们是否由于发现和揭穿了上帝的一个秘密，而觉得上帝有错呢？

我们是否由于了解了闪电的形成，而去剥夺上帝的霹雳呢？

“宇宙中星球太多了。”X这样想道。他认为，要是在太空中他所发现的星球，刚巧是地球所需要的那些星球——它们拉住地球，使它运转，给它加温，给它照明，给诗人提供幻想——那他就会信仰上帝。但他知道，他不能够把我们的地球看作宇宙的中心；因此，也不可能把救世赎罪，看作宇宙的中心。他说：“基督对我来说是无足轻重的，倘使他不是中心，倘使他不是一切。”

然而这两种可能，非此即彼。但我从未能肯定哪一种可能，我更难设想有充塞着无穷无尽的世界的无垠天空。每个世界配有一定数目的星球，一个也不多；那么，在它们运转的范围以外，又存在着什么呢？存在着我的想象力无法飞翔的真空。是实在的障碍呢，还是虚无——既不存在主体又不存在客体——的制约？是一种逐步形成的虚无呢，还是一种说得出在什么地方开始的虚无？是缓慢弱化下去的存在所形成的虚无呢，还是一种突然彻底的消灭？

不。这一切都不是。从前，人们也同样地一直感到惊异：这大地如何终止？在什么地方终止？直到那一天，人们懂得了大地是个球形，它完好的圆周的起点是连接着终点的，人们的惊异才宣告结束。

*

当我明确了人类的思想不可能达到确实性，我就觉得我不需要什么确实性了。确认了这一点，还有什么可做的呢？是臆造或接受一些虚假的确实性，并且强制自己不把这些看作谎话呢，还是学会放弃这些确实性？我苦心孤诣就是为了达到这一点。我丝毫不认为这种放弃会把人类引向绝望。

第三书
LIVRE TROISIÈME

I

整个大自然都力求达到快乐。快乐使得嫩草生长，芽苞勃发，蓓蕾开放。快乐把花冠安置在阳光的抚吻之下。快乐邀请一切生物结亲成婚。快乐使迟钝的幼虫成蛹，并使蝶蛾从蛹的牢狱中遁出，在快乐的指引下，一切都渴望更多的惬意，更多的觉醒，渴望进步……这就是为什么我在快乐中比在书本中能学到更多的东西，这就是为什么书本使我开窍的次数不多，使我变糊涂的次数倒不少。

在快乐中不存在着深思熟虑和讲究方法。我不假思索就跃入欢乐的海洋。我对自己能在海上浮游，不为海水吞没而感到十分惊奇。正是在快乐中，我们的整个存在意识到了自己。

这一切都不需要下什么决心。我沉湎于快乐是非常自然的事。以前我常听人说，人的天性是恶的，但我希望加以检验。不过，我觉得自己主要是对旁人感到好奇，而不是对自己。或者说得更确切些：肉欲在暗中起着作用，寻求迷人的混杂，把我抛出自我之外。

对我来说，只要我还没弄清楚自己是什么人，追求一种道德就不是很聪明的事，甚至是不可能的。我停止寻觅自己，为的是在爱之中找到自己。

在某个阶段，必须抛弃任何道德，不再抵制欲望。唯独欲望能给我教育。我顺从了欲望。

相　遇

“啊，”这可怜的残疾人对我说，“能用我的胳膊搂抱住‘我钟情的什么人’该有多好！哪怕只是一次也好！维吉尔就是这么说的……在我看来，经历过这种快乐之后，我就容易心甘情愿地放弃任何其他的快乐。哪怕是闭上眼睛去死，仿佛也容易了。”

“不幸的人哪，”我对他说，“这种快乐一旦尝到一次，你就一个劲儿地想多要啦。在这种事情上，不管你能达到什么样的诗人境界，想象力所带来的痛苦总不及回忆所带来的多。”

“你以为这样就算安慰我啦？”他说。

*

然而，有多少次，在即将摘取快乐的时刻，我好像苦行僧一样突然避开了。

这可并不是什么克己，而是对于这种欢乐

的一种十分周详的期待、十分完备的预计所造成的，由于这种期待和预计，实现欢乐已不能使我增长什么见识，不如撇开不理，因为我们知道：为欢乐做准备，在保证欢乐的同时，也使欢乐失去了新鲜的滋味；最美妙的愉快感觉攫住整个身心，总是通过出其不意的方式。但是我至少避免了种种缄默、腼腆、一本正经、胆怯和迟疑，这些只能使快乐处在畏首畏尾的状态之中，预先注定了心灵在肉体平静下来以后要感到悔恨。我内心充满了春天，我在大路上见到的光泽、所有启绽和盛开，在我看来只是这内心春天的反照。我内心的火焰如此炽烈，以至我觉得我能把我的热情分给任何别人，正像人们把火递给别人去点烟一样。我抖落身上的灰烬。在我的眼睛里闪烁着分散的、热烈的爱。我以为：善良只是幸福的一种辐射；我的心贡献给众人只是幸福使然。

随后，我慢慢地……不，与年俱增地感到的，既不是欲望的减少，也不是欲望的满足。可是，由于我知道在我贪婪的嘴唇上快感转瞬即逝，我就常常觉得享有不如追求的价值高。渐渐地，我宁愿干渴而不愿意解渴，宁愿要快乐给人的向往，而不要快乐本身，宁愿无止境地扩展爱，而不要爱的满足。

相 遇

我到瓦莱的那个村上去看望他。人们以为他是在那里恢复健康。实际上，他是在准备死亡。疾病把他改变到这种程度，我几乎认不出来了。

“唔，不行啦，没办法啦，毫无办法啦！”他对我说，“每个器官都坏了：肝、肾脏、脾脏……至于我的膝盖……你好奇的话，请看吧！”

于是，他半掀开盖被，把瘦腿伸出来。只见膝关节的地方有一个很大的圆形隆起。他的衬衣由于出汗多，粘住了身体，把嶙峋瘦骨都露了出来。我强作欢颜，掩饰我的悲哀。

“可你是知道的，在康复以前你得长期休息，”我对他说，“你在这里很好，是吗？空气新鲜，伙食怎么样？”

“非常好，我的消化能力还不弱，这就救了我的命啦。最近这些日子，我甚至还增加了体重。烧也低了些。喏！一句话，我在明显地好转。”

一种强装出的微笑绷紧了他的脸。于是，

我明白他也许还没有完全丧失希望。

“再说春天来了，”我赶紧接着说，一边把脸转向窗口，想背着他收起盈眶的眼泪，“你可以去花园里坐坐。”

“每天午后我下去坐一会儿，因为我只叫人把晚餐送到楼上，午餐我想方设法到食堂去吃。直到现在，我只有三天没有下去。要上两层楼，这比较累人，但我从容不迫，慢慢来：我一口气最多上四级，然后停下来喘口气。总之，要足足走二十分钟，而这使我多少得到锻炼；再说，每当我重新躺到床上时，我有多么高兴啊！而且这样可以给别人腾出整理房间的时间。但最主要的是，我怕听任自己垮下去……你看到我的书了吗？……对，这是你撰写的《地粮》。我离不开这本小书。你无法知道我从这书中得到什么样的安慰和鼓励。”

这些话感动我之深，远远胜过人们给我的任何颂词；因为我原来担心——我得承认这一点——我这本书只能受到强者的青睐。

“对，”他接着说，“即使在我的处境，当我待在这眼看就要开花的花园里时，真想效仿浮士德，对逝去的时光说一声：‘你多美啊！请你留步吧。’那时一切对我将显得和谐而又美妙。使我感到尴尬的是，我好像是在这个音乐会上弹错了一个音符，在这幅画上溅了一点墨渍……我多么希望我可以不用自惭形秽呀！”

他有一阵子待在那里一言不发，视线转向那从敞开的窗户可以望见的蓝天。随后，他稍许压低了声音，似乎惶恐不安地说：

“我很希望你把我的消息带给我的父母。我已经到了不敢给他们写信的地步，特别是不敢对他们说真话。我母亲每收到我的信，总是立即答复我说：生病对我是好事；她说，上帝赐给我痛苦是为了我灵魂的得救，我应该从这些痛苦中得到教育、改过自新，随后我才配得上康复。而我对她的回答总是一成不变：我的身体好些了。这是为了避免招来这些关怀……这些关怀只会使我的心灵充满亵渎神明的感情。

请你给他们写信吧。”

“今天上午我就写。”我握住他汗涔涔的手说。

“噢，别太用劲，你把我的手握疼了。”

他微笑了。

II

我们的文学，特别是浪漫主义文学，赞扬、培植，并且传播了忧愁；这不是那种积极、果断、驱使人们做出最光辉业绩的忧愁，而是人心灵的某种萎靡不振的状态，人们可以称之为伤感。诗人的前额因而苍白得可爱，他的目光流露出怀念的神情。这里有的是对时髦的追求，有的是取悦于人的心意。快乐显得庸俗，是身体过分粗笨的标记；而笑起来面孔会露出怪相。唯有忧愁被人认为蕴藏着聪明才智，因而也包含了深邃的哲理。

对我来说，我喜欢巴赫、莫扎特始终胜过喜欢贝多芬。我认为缪塞这句如此被人吹捧的诗是亵渎性的：

“最悲痛最绝望的歌是最美的歌。”

我不同意人在困境的打击下要逆来顺受。

对，我知道这里面不完全是自暴自弃，这里有决心，有性格。我知道普罗米修斯被铁链锁缚在高加索山巅上受苦受难，耶稣基督被钉死在十字架上，因为他们都爱过人类。我知道，在那些半神之中，唯独赫拉克勒斯由于降伏了妖魔鬼怪，斩杀了九头蛇，战胜了一切压制人类的恐怖势力，才在额头上留下了那份操心和忧虑的印记。我知道，还有，也许将永远会有许许多多恶龙需要降伏……但是，放弃快乐，无异于失败破产，可说是一种退避，一种卑怯行为。

直到今天，有人之所以能保证自己的福利，从而达到幸福的境界，是因为要牺牲别人，骑在别人头上，这正是我们所不能再容忍的事。我也同样不能容忍，在这大地上有许多人放弃自己的幸福，这幸福乃是和谐的自然产物。

*

那么人们把这块应许之地——这块施与的土地——变成了什么呢？……这是足以使天神

感到脸红的。比较起来，砸烂玩具的孩子并不更为愚蠢；蹂躏牧场和搅浑水源的畜生并不更为愚蠢（牧场原本可以给它提供饲料，水源原本可以供它喝水）；糟蹋自己窝的鸟儿也并不更为愚蠢。噢，凄凉的城郊！丑陋，混乱，阵阵臭气……我怀着谅解与爱，心想：你们，环绕城池的地带，你们本该是一些园林，一切茂盛和柔弱的植物的保护地——如果任何侵害大众的快乐的勾当都能被压制下去的话。

空闲啊！我想象你们该是什么模样。噢，在快乐的祝福之中的智力游戏！工作，甚至连工作也得到了拯救，逃避了亵渎性的不幸。

*

有哪一个进化论者——倘使他不知道毛虫和蝶蛾原是同一生物——会想到去假设它们之间至少有某种关系呢？表面看来，在这两者之间，不可能有血缘关系，却存在着同一性。我觉得，如果我是一个博物学家，势必要引导我思想的一切力量去发现这个谜底。

倘使只有极少数的人有可能目睹这些形态的转化，倘使这些形态转化的现象更为稀罕，那么，它们也许更会使我们感到惊讶。但是对于一个经常性的奇迹，人们就不会再感到惊讶。

不仅仅是形态会起变化，风俗、欲望都会起变化……

“认识你自己。”这是一条有害且丑恶的格言。谁观察自己，谁就遏止了自己的发展。毛虫倘使致力于彻底认识自己，它就永远不会变成蝴蝶。

*

通过我的多样性，我明显地觉察到一种恒定性；我感觉到的形形色色的我都是“我”。但是既然我知道，而且感觉到存在着这种恒定性，我干吗还要设法去获得它呢？终其一生，我都拒绝去设法认识自己；这就是说，拒绝去探索自己。在我看来，这种探索，或者更确切地说，成功的探索会给一个人带来某种局限和贫乏；换句话说，只有相当空虚、相当贫乏的人才能做到自我发现和自我了解；说得更确切些：这种自我认识限制了一个人，限制了他的发展；因为一个人发现自己后，就惦记着要忠于自己，这样他就总是这个模样了，而更好的做法是不断地保护好期望——这是一种永恒的、不可捉摸的变化过程。前后缺少一贯性并不怎么使我讨厌，我所讨厌的倒是某种坚定的一致，某种忠于自己的意志，以及对于自我矛盾的恐惧。此外，我还相信这种不一贯性只是表面现象，实际上是和各种更隐秘的连续性相呼应的。我也相信在这里和在一切方面一样，我们受着语句的欺骗，因为语言强加给我们的逻辑往往多于生活中的逻辑；另外，我相信我们身上最宝贵的部分是未经表达的部分。

III

出于恶意，我有时，或是常常把别人说得比我想的坏；出于怯懦，我又把许多作品、书籍或是绘画，说得比我想的还要好，唯恐得罪它们的作者。我有时向一些人微笑，其实我并不觉得他们可爱好笑。我又假装在一些愚蠢的谈吐中，发现了机智和风趣。有时，我装出快乐的样子，实际上我厌烦得要命。我下不了决心走开，因为人们对我说：请再待一会儿……我让我的理智来克制我内心冲动的次数太多了。可是相反，当我的内心保持沉默时，我的嘴却在那里讲呀讲的。为了得到赞扬，我有时做了些蠢事。反过来说，我并不总是敢做我认为该做的事情。但我清楚，我做这些事是不会得到赞扬的。

惋惜“temporis acti”[1]是老年人最徒劳的事情。我明白这一点，可是我也不由自主地这样做了。你们鼓励我这样做，你们认为这种悔恨可以悄悄地促使灵魂皈依上帝。但是你们弄错了我的惋惜，我的悔恨的性质。使我痛心的是“non acti”[2]；这些事，我在青壮年时期能够做，应该做，但是你们的道德观念阻拦了我。这种道德，我现在已经不再信奉；但当时，当我最感受到它的桎梏时，我却觉得应该受它的约束，结果是我的虚荣心得到了满足，我的肉体却给牺牲了。确实，当心灵和肉体处在最适合于接受爱情，最适合于爱和被爱的时候，当拥抱最强有力，好奇心最旺盛、最容易获得效益，快乐具有最高价值的时候，心灵和肉体也最有力量来抵御爱情的挑逗。

你们称为“诱惑”，我也跟着你们称为“诱惑”

[1] 拉丁文：逝去的时间。

[2] 拉丁文：没有做的事。

的东西，正是我所惋惜的对象；我今日感到悔恨，并不是要追回某些诱惑；这些诱惑已经褪色，对我的思想已没有很大益处了。

我后悔使我的青春黯然失色；我后悔我对空幻的爱好超过了对现实的爱好；我后悔我违背过生活。

*

噢！有多少事，我们没有做，而我们原先都是能够做的……人们在即将离开人世时这样想道。有多少事，我们本该做的，而我们却根本没做！或是有某些理由，或是等待时机，或是疏懒，或是老是这样想：“行啦！我们还有时间。”我们没能抓住这有差异的每一天，这一去不复返的每个片刻。我们总是推迟，不及时决定、行动、拥抱……

光阴倏忽即逝。

“啊！未来的你，你要学得灵巧些，你要把

握住每一瞬间！”人们这样想道。

*

我立足于我所占有的空间中的这一点，我侧身在时间洪流中的这一特定时刻。我不相信这不是关键性的一点。我伸直双臂，我说：这是南方，这是北方……现在我是果，将来就会是因。决定性的原因！一次永远不会再有的机会。我存在；但我想找出存在的理由。我想知道我生存是为了什么。

*

处处提防授人笑柄，使我们做出了糟糕透顶的怯懦之事。多少人在年轻时代产生过一些脆弱的愿望；他们自以为勇气十足，可是只要有人用“乌托邦”这个词来形容他们的信念，他们的愿望就顿时化成泡影。仿佛人类的任何重大进步都不是依靠乌托邦的实现！仿佛明天的现实不可能是昔日和今日的乌托邦所构成——如果未来可以不仅仅是过去的重复的话。这种重复过去的想法是最能使我失去一切生活乐趣的。是的，如果可以不要进步，生活对于我就不再有任何价值。在此，我把《窄门》中我让阿莉莎说的话当作我自己的话：

“一个没有进步的境界，不管有多么幸福，我也不能指望它……一种没有进步的快乐，我不稀罕。”

*

世上很少有值得我们害怕的妖怪。

妖怪产生于害怕——怕黑夜和怕光明；怕生和怕死；怕别人和怕自己；怕魔鬼和怕上帝——妖怪啊！你们将不再使我们害怕！可是现在我们仍然生活在那些吓唬小孩的鬼怪统治之下。是谁说过，“对上帝的恐惧，就是明智的开始”？轻率冒失的明智啊，你才是真正的明智；恐惧的结束就意味着你的开始。

*

把信任、自在、快乐带到任何可以带去的地方，这很快成了我的要求，成了我不可缺少的幸福的先决条件。似乎我个人的幸福只是用他人的幸福来构成一样。因为我自己不知道有什么别的幸福，除非是我通过同情领略到的，也可以说是我委托别人领略到的幸福。因此凡是阻碍这种幸福的一切，在我看来都是可憎恨的：胆怯、气馁、误解、诽谤、对于假想的灾难绘声绘色的描写、对于虚无缥缈之物的无益的渴望、党派、阶级、民族或种族，以及把人变成自己或他人的仇敌的种种行径，如挑拨离间、压迫、恫吓、不公。

*

松鼠不能学会水蛇的游动。野兔逃跑，乌龟和刺猬则蜷缩成一团。你在人类之中也会发现这些形形色色的表现。不要再苛责那些和你不同的表现。一个人类的社会，只有当它需要多种活动形式，欢迎多种形式的幸福来百花齐放的时候，才会趋向于完美。

*

下列这几种人成为我个人的仇敌：诲淫诲盗的人，传播忧郁的人，戕害意志的人，倒退落后的人，缓慢爬行的人和玩世不恭的人。

我憎恨一切使人变得渺小，使人趋向愚蠢、猜疑、迟钝的因素。因为我反对这样的意见：智慧总是伴随着缓慢和怀疑。这也是我为什么相信儿童身上的智慧经常比老年人更多。

*

他们的智慧？……噢，他们的智慧，最好不要重视。

他们的智慧就在于生活得尽可能无声无息，谨小慎微，避开一切风险。

在他们的意见中，我总觉得有一些难以名状的、陈旧的、死气沉沉的东西。

这些意见就好像是一些家庭里，母亲们在子女身旁喋喋不休的叮咛：

“别这么用力荡秋千，绳子快断了；
别站在这棵树下面，快打雷了；
别走到湿地里去，你要滑倒的；
别坐在草上，会弄脏衣服的；
到你这年纪，也该懂事些了；
我到底要给你说多少遍：
没有人把胳膊肘撑在桌面上的。
这孩子真叫人受不了！”

——啊！太太，更叫人受不了的还是您呢。

*

我把这既出人意料，又在殷切期待之中的快乐，比作这样一碗牛奶：那是一个热得难以忍受的夜晚，在干旱中走了一整天以后，我们在宿营地喝到了一大碗新鲜的牛奶。接连好几个星期，我们没有见到过牛奶，因为在我们穿越的地方，瞌睡病猖獗，牲口无法喂养。但是我们没有察觉到，几个钟点以来，我们已走进一个尚未传染这种疾病、可以放牧的地区；要是牧草长得不高，或者，要是我们骑的马匹远远高过这些牧草的话，我们就能看到在灌木林中，这里那里都有些牛群。那天夜晚，作为止渴的饮料，我们期待的只是些温热的、水质可疑的水；为小心起见，我们先要把这水煮沸；尽管加了烧酒或葡萄酒，使水有了颜色，令人恶心的味道会依然存在——前几天，我们只能满足于这种水。但是那天夜晚，在这小屋的阴影之下，见到人家款待我们的这一满碗牛奶，我们是多么高兴啊。牛奶的表面蒙上了一层灰沙，失去了光泽。我们用平底杯铲去这一层薄膜。底下的牛奶在这样一天的高温天气里，显得更加味醇和新鲜。牛奶虽然是洁白的，我们却认为喝下去的是阴影，是憩息，是安慰……

第四书
LIVRE QUATRIÈME

I

我只爱与那些有呼吸功能、有生命的东西为伍。我的头脑孜孜不倦，归根结底是为了组织，为了建设。但是我不可能有任何创建，除非我事先能够把要使用的材料都加以检验。对于大家公认的概念、原则，我的头脑是一概不接受的；其次，我也知道：那些最响亮的字眼，也就是最空洞的字眼。我瞧不起那些演说家、正统观念者、伪君子，我一开始就想给他们的演说泼凉水。我想知道在你的德行背后隐藏着什么样的狂妄自大，在你的爱国主义背后隐藏着什么样的私欲，在你的爱情背后隐藏着什么样的肉欲和自私自利。不，我头上的青天不会变黑，如果我不再把灯笼看成星星；我的意志不会衰退，如果我不再听任幽灵牵着鼻子走，如果我仅仅热爱现实。

*

但这一肯定无疑的事实：人类并非总是眼下这种光景，立即引起了这样的希望：人类不会一成不变。

当然，我也可以和福楼拜一样，对着这进步的偶像微笑或是哈哈大笑；但那是因为人们把进步描绘成了荒唐可笑的神灵。商业的进步，工业的进步，尤其是艺术的进步，真是废话连篇！认识上的进步，才理所当然。但对我来说，重要的是人类自身的进步。

人类并非一开始就是眼下这个光景；人类是逐渐变成眼下这个光景的。这种看法对我来说已是无可争议，虽说和神话、传说不相符合。由于我们的目光局限在少数的几个世纪，于是昔日的人类看来和今日的人类是一个模样。人类从埃及法老的时代以来一直没有改变过；但是如果我们将目光投注于“史前时代的深渊”，我们就会发现情况并非如此。既然人类并非总是眼前这副模样，那我们怎么认定它今后将一成不变呢？人类是会变的。

但是这些人，他们想象，并且要我也相信，人类和这受苦的但丁一模一样。但丁对于人类的永恒不变感到绝望，发出了如下的呐喊：“就算我每一千年只迈一步也好，我终究已经上路了。”

这个进步的概念进入了我的思想，和所有其他的概念联系起来，或者说是成了它们的指导。

（“完善的人”这个幻觉在任何古典时代都会产生，因为平衡有时得到了短暂的保证。）人类眼下的状态必将被超越，这是一种振奋人心的思想，伴随而来的势必是对于阻碍这种进步的一切事物产生仇恨。（这可以比作基督徒对罪恶的仇恨。）

*

这一切都将被扫除。值得扫除的将被扫除，不需要扫除的也将被扫除。因为怎么可能区分后者和前者呢？你们要在尊重过去中寻求人类的永福，可是只有推倒过去，并把不再有用的东西推到过去中去，进步才有可能。你们扬言：存在过的东西就是即将存在的东西。我却相信：存在过的东西就是不可能再存在的东西。人类将从起先保护自己，以后却奴役自己的事物中慢慢地解放出来。

*

我们要改造好的不仅是世界，还有人。这个新人，从哪里出现呢？不是从外部出现。同志，你要善于在内心中发现这个新人。你要像从矿石中提炼出毫无渣滓的纯金属一样，向你自身索取这一期待中的新人。你设法在你身上得到他吧。你要敢于表现自我。不要随随便便放弃对自己的要求。每个人的身上都蕴藏着巨大的潜力。相信你自己的力量和青春吧。要学会不断地提醒自己："关键在于我。"

*

从掺杂混合中，我们得不到任何好的东西。

在我年轻时，我的头脑中充塞着有关杂交、骡子和变色龙豹[1]的想法。

淘汰选择的功效。

第一美德是：忍耐。

忍耐和单纯的等待毫无关系。忍耐和固执倒是会相混淆的。

[1] 变色龙豹（Caméléopard），纪德戏谑地创造的词，不存在变色龙和豹的杂交产物。

相　遇

1

我认识波旁地区一个可爱的老小姐，
她在一个大橱内贮存着许多陈年老药；
橱内因此几乎没有空隙再放东西；
由于这小姐现在身体非常健康，
我便冒昧地对她说：如此保存
这些对她已肯定无用的药品也许无益。
于是那老小姐脸变得通红，
我以为她马上要掉下眼泪。
她一边逐个拿出小瓶、小盒和吸管，
一边说："是这种药把我从肠绞痛中救出，
是那种药使我从喉头炎中解脱！
这块油膏治愈了我腹沟上的一块脓肿，
谁能肯定这病不会复发？
这些丸药在我大便不通的时刻，
给我提供了舒适惬意。

说到这个器械，它可能是吸奶器，

但我担心，它已几乎完全报废……”

她最后向我承认，所有这些药品当时购价极贵。

于是我明白：主要是这个原因，阻拦她把这些药品抛弃。

2

我们必须抛开一切的时刻终于来到了。

这“一切”是指什么呢？——对某些人来说，是指一大堆攒积下的钱财、田产、藏书，

是指那些仅仅可以安乐地坐在上面享受闲暇的沙发；

对许多其他人来说，是指痛苦和艰辛。

是指家庭和朋友，成长中的孩子们，

尚未完竣的工作，有待开始的事业，

即将成为现实的梦想；

一些仍然想读的书籍；

一些还从未闻过的香味；

一些还未充分得到满足的好奇心；

一些正期待着你支持的穷人；

人们希望达到的和平和安宁……

然后事情突然有了定局；什么都完了。

话说，有一天，我们听人说：

“贡特朗，你知道吗……我刚见过他，他完蛋了。

“一个星期以来，他已奄奄一息，病入膏肓。

“他老重复着这一句话：‘我觉得，我觉得我快要走了。’

“不过，别人还抱有希望，但是确实不行了。”

“他生了什么病？”

“大家认为起因是内分泌失调。但他心脏的情况很坏。医生说是一种胰岛素中毒。”

“你跟我讲的这些真怪。”

“人们说他留下了一笔相当可观的财产，是一批奖章和一些画。由于税务规定，旁系亲属一个子儿都捞不到呢。”

“奖章？我真不明白怎么会有人对这种东西感兴趣。”

*

那么别充内行了吧。你看见过人是怎么死的；死亡是没有什么滑稽可笑的。你拼命拿玩笑来掩饰你的害怕；但是你的声音颤抖，你的假冒的诗令人厌恶。

“这有可能……但是，我看到过人死去……最经常的是——在我看来——在死亡之前，在痛苦过后，有一个感觉迟钝的阶段。死神戴上了皮毛手套来捕捉我们。它先催眠，然后才扼杀；我们因死亡而要永别的事物已失去了清晰性、现实性，甚至它们的存在。世界是如此的黯淡无光，以至于你离开它，不会有多大的痛苦，也不会因什么事情而遗憾。”

于是，我也想到，死亡大概不是什么很困难的事情，因为到最后，大家都能死去。也许归根结底，这只是一个习惯的问题，只要我们不是仅仅死一次。

但是对于没有充实的生命的人，死亡是残酷的。对于这样的人，宗教就可以趁机说：“不要难过。生活在另一个世界里才刚刚开始，你将得到报答。”

生活是从这个“尘世”开始的。

同志，什么都别信仰；没有证据，什么都别接受。殉教者的鲜血从来就没有证明过什么。最愚蠢的宗教也有它的殉教者，也能激起狂热的信仰。人们在信仰的名义下死去；人们借着信仰的名义去杀戮。求知的欲望来自怀疑。停止信仰吧！要去学习。人们只有在没有证据的情况下才进行欺诈。你别让自己上当。你别让自己受骗。

创伤——可以消除痛苦……

回想起蒙田那个美妙的故事。他讲到他从

马上摔下来后昏迷不醒。而卢梭则叙述了那次几乎使他付出生命的事故："我既没感到撞击，也没觉得跌倒，也不知道随后发生了什么，直到我苏醒为止……黑夜降临。我瞥见苍穹、星星和点点的绿意。开始的感觉在短时间内妙不可言。只有经历这一境界，我才更感觉到自己。我在这瞬间开始有了生命，我仿佛在用轻盈的生命来充塞我所瞥见的事物。我回忆不起任何东西，我既未感觉痛，也不感到怕，更不觉得忧愁……"

我在战争爆发时，弄丢了一本博物学小书。我徒然寻觅了长久。我已记不起书名和作者的姓名（这是一本小开本的英文书，有插图，绛紫色布封面）。这本书我还只读了它的序言，好像是要大家都来研究"自然"科学。在这篇序言中（我记得很清楚），还有这样的意思：痛苦，坦率地说，是人类的发明，而在大自然中，一切都在协力祛除痛苦；如果人不出来干预的话，痛苦早已被减轻到微不足道的地步了。这并不是说各种生物都不能受苦，而是说任何瘦弱而又发育不良的生物，一开始几乎就会自然而然地被消灭。随后，序言提供了一些雄辩有力的例证：母鸡从隼鹰的紧攫中挣脱出来，逃遁后立即寻觅谷粒，还是像早先那样无忧无虑。因为据作者说——我和作者的看法一致——动物生活在当下之中，因此，我们的大部分痛苦，幻想的、属于过去的（如遗憾，悔恨），或是属于恐惧未来的，动物都能幸免。作者继续发挥他大胆的论点——但我很快就赞同了他的想法——他坚持认为被追捕的野兔或鹿（不是被人，而是被另一种野兽追逐）能在奔跑、跳跃以及声东击西的假动作中找到乐趣。还有这一点，我们知道这是对的：猛兽的爪子的一击，也像强烈的创伤一样，会引起麻木的感觉，因此猎物常常在感觉到痛苦以前就已经丧生。我不是看不到，这个论点推得太远，显得有些矛盾；但我认为，就总体而言，这论点是完全正确的，对整个大自然（也包括人）来说，生命所给予的幸福远远超过痛苦。但是痛苦确实停留在人身上。而这是由于人类自身的错误。

人类，要是不那么疯疯癫癫的话，就能够避免由战争而引起的种种灾难；倘不对他人凶狠，就能免去由贫穷而引起的灾难——这后一种灾难在数量上是遥遥领先的。这不是一种乌托邦的看法，只是单纯地说明事实：我们大部分灾难都不是命中注定，必须如此，而是归咎于我们自己。我们当然也有些无法避免的灾难：如果说我们会患病，我们也有种种药物。没有任何事情能阻止我相信人类能更强壮、更健全，从而也更快乐；我们要对所遭受的几乎所有的痛苦负责。

II

我把上帝称作大自然，这是为了更直截了当，同时也因为这样称呼会激怒那些神学家。因为你可以注意一下：那些神学家在大自然面前视而不见。或者，他们偶尔出神地观赏自然，却不知道如何加以观察。

你与其让人来给你开导，不如去上帝跟前求教。人是一种赝品。人的历史就是人的种种遁词的历史。我从前这样写过："菜农的一车菜比西塞罗最华丽的语句载着更多的真理。"一方面有人的历史，一方面有自然的历史。自然史，这种称法是很对的。在"自然史"中，要学会谛听上帝的声音。不要满足于泛泛地谛听，要向上帝提一些精确的问题，并且要迫使他给你精确的回答。不要满足于出神地观赏，要观察。

于是，你会注意到；一切年幼的生命都是娇嫩的；没有一颗芽苞不包上那么多层囊鞘！

但是，一旦萌芽过程告终，一切保护层，就成了嫩芽的桎梏；只有把囊鞘这昔日的襁褓绷裂以后，生长发育才有可能。

人类珍惜自己的襁褓。但是人类只有学会摆脱襁褓，才能成长壮大。断了奶的孩子把奶头推开并非忘恩负义。他所需要的已不再是奶。同志，你不要再答应把这经过人们蒸馏、过滤的传统的奶汁当作食粮。你的牙齿已经准备好撕咬和咀嚼，你应该到现实中去喂饱自己。你要赤身裸体地、勇敢地站起来，绷裂那些鞘囊，摆脱那些支撑你的支柱；为了不断地成长，你需要的是体内汁液的冲动和那阳光的呼唤。

你可以注意：任何植物都把自己的种子射向远处；或者是包裹这些种子的美味引起鸟儿的食欲，鸟儿把它们带到了它们去不了的地方；或者是它们给配上螺旋桨——一小撮绒毛，随风四处飞扬。因为过于长久地哺育同类植物，土地就会贫瘠和败坏，新生的一代在同一处地方就找不到前一代所曾获得过的营养。不要去重啖你祖先消化的食物。瞧那悬铃木或无花果有翼的种子在飞翔。它们仿佛懂得父系的阴影只能给它们带来萎黄和退化。

你可以同样注意到：奔腾的汁液总是首先流向离树身最远的、位于树枝末端的芽苞。你要学会理解并且尽可能地远离过去。

要理解这个希腊寓言：阿喀琉斯身上除去一个部位，其他地方都是刀枪不入的。这个地方给母亲的手指捏过，保留着温柔的回忆的痕迹。[1]

忧愁，你制服不了我！透过哀号、抽泣，我听到一首美妙的歌曲。我随心所欲地填写了这首歌词，当我感到心灵快支持不住时，是这

[1] 希腊神话中，阿喀琉斯年幼时，他的母亲忒提斯抓住他的脚踵，把他全身浸入斯提克斯河水中。斯提克斯河水有使人永远免于伤害的功效。唯独他的脚踵被母亲的手抓住，未接触河水，故成为可伤害的部分。

首歌使它重新坚强起来。在这首歌里，同志，我填进了你的名字，以及对一些人的召唤。他们的回答将充满勇气：

重新抬起来吧，垂下的额头！已经低下去、盯住坟墓的目光，重新朝上吧！但不是朝向空虚的苍穹，而是朝向地平线，朝向你的脚步会把你带去的地方。同志，你勇敢，你获得了新生。你准备好离开这些被死人弄得臭气熏天的地点，让希望把你带向前方。不允许任何昔日之爱把你拖住。要纵身投向未来。要停止把诗歌变成梦幻；要学会在现实中发现诗歌。假如诗歌还没有进入现实，那就把诗歌放到现实中去。

止不住的口渴，无法餍足的食欲，战栗，徒劳的等待，疲惫，失眠……啊，但愿这一切你都能幸免！同志，我多么希望这样啊！所有结果的树枝都弯垂到你的手和嘴边。让那些高墙倒塌；铲除你面前的栅栏。那些栅栏上，嗜财如命的独占者挂上了牌子："私人产业，禁止入内”。然后，设法让你的全部酬劳归你自己。抬起你的头来，最后让你的心不再充满仇恨和嫉妒，而是充满爱。是的，最后让微风的一切抚爱，太阳的光和热，幸福的一切召唤都能到达你的身旁。

*

我迷惘地倚立在船头，凝视着朝我奔来的无穷尽的浪涛、岛屿……

“不，”他对我说，“你的图像是欺骗性的。你看得见这些波涛，看得见这些海岛；可我们看不见未来。我们看得见的仅是现在。我看得见这一刹那所带来的事物；但想一下这瞬间从我身上夺走的东西，想一下我将永远见不着的东西吧。不论是谁站在船首远望，他所见到的，将只是一片无边无际的空虚……”

“却是一片充满了可能性的空虚。对我来说，过去的事物不及眼前的事物重要；眼前的事物又不及可能存在的和将要存在的事物重要。我把可能和将来混为一谈。我相信所有可能存在的事物都在争取实现存在；我相信，要是人们合作的话，一切可能存在的都将存在。”

“那你还否认自己是神秘主义者！可是你很清楚，一种可能存在的事物要实现存在，就必须把其他可能存在的事物化为乌有；你也明白，原来可以实现而未实现的可能存在的事物，总是使我们抱憾不已。”

“可我特别清楚，人们只有把过去抛在身后才能前进。人们说：罗得的妻子由于朝后张望，变成了盐的塑像，就是说用凝固的眼泪雕成的塑像。而罗得由于朝向未来，就能和女儿们睡在一起。但愿是这样。”[1]

[1] 《创世记》中，罗得是亚伯拉罕的侄子。索多玛与蛾摩拉被毁灭时，他得到天使救援而幸免。出逃的时候，神告诉他不可以回头看，也不要在平原上站住，要往山上跑。但是他的妻子不听，结果变成了一根盐柱。

噢，我在为你书写——早先我管你叫拿塔纳埃勒，这个名字今天看来太哀伤。如今，我叫你同志——你别让任何悲伤停留在你的心坎里。

你自己可以做到：使怨恨不起作用。你自己能做到的，不要向别人求助。

我已经生活过了；现在轮到你开始生活。从今以后，我的青春要在你的身上延续。我把权力移交给你。要是我感到你接上了我的班，就是死我也心甘。我要把希望寄托在你的身上。

感觉到你勇敢坚强，能使我无憾地离开人世。接过我的快乐吧。要在增进众人的幸福中去缔造你的幸福。要工作，要斗争，不要忍受任何你有能力加以改变的坏事。你要不断地对自己说：关键在于我。对于人为的坏事抱着逆来顺受的态度，不可能不是一种卑怯的行为。别再相信——倘使你曾经相信过——明智存在于屈从忍受之中；或者干脆别再去追求明智。

同志，你别接受人们向你建议的某种生活。

你要始终不渝地确信，生活可以更加美好；你的生活和别人的生活都是这样；这并不是指另外一种生活，来世的生活，使今世可以得到安慰，使我们能更好地忍受今世的苦难。这种生活你别接受。有朝一日，当你开始懂得，该对生活中几乎所有的不幸负责任的，并不是上帝而是人类自己，你对于这些不幸就不会再逆来顺受。

不要去崇拜偶像。

主　　编｜苏　骏
特约编辑｜夏明浩

营销总监｜张　延
营销编辑｜狄洋意　许芸茹

版权联络｜rights@chihpub.com.cn
品牌合作｜zy@chihpub.com.cn

出品方　春山望野（北京）文化传媒有限公司

Room 216, 2nd Floor, Building 1, Yard 31,
Guangqu Road, Chaoyang, Beijing, China